원경 스님

어려서부터 사유적 성향이 짙어 '투쟁 없는 사랑과 자유의 삶'이 무엇인지 의문을 품다가 1982년에 출가의 길을 선택했다. 1984년 조계총림 21교구 승보종찰 송광사에서 현호 스님을 은사로 득도, 전통적 교육기관인 강원에서 사집을 수학했다. 1987년에 범어사에서 비구계를 수지하고, 통도사 보광선원에서 선방 수행 후 제방 선원에서 성만했다. 1990년 중앙승가대학을 졸업하고 1991년부터 1995년까지 미국 LA 고려사 주지를 지냈으며 현재 북한산 심곡암 주지를 맡고 있다.

조계종 15대 중앙종회의원과 조계종 사회복지재단 상임이사, 중앙승가대학 법인처장을, 최근에는 조계종 사회부장직을 역임했다.

'불심, 자연, 예술이 하나' 되는 염원을 담은 산사음악회를 전국 사찰 최초로 시작해 새로운 문화적 반향을 일으켰다. 불우한 이웃의 배고픔을 해소해주기 위해 보리 스님이 21년 동안 운영해오던 탑골공원 무료급식소가 중단될 위기를 맞자 그 맥을 이어받아 2015년 6월부터 현재까지 사회복지원각(원각사 무료급식소)을 운영 중이다. '배고픔에는 휴일이 없다'는 슬로건 아래 연중무휴 365일 하루도 거르지 않고 소외된 노인 계층을 위한 점심 한 끼 봉사를 하고 있다.

시집 『그대, 꽃처럼』을 통해 문인협회 회원으로 등단했으며, 산문집 『그대 진실로 행복을 원한다면 소중한 것부터 하세요』와 『밥 한술 온기 한술』을 출간했다.

빛섬에 꽃비 내리거든

빛섬에 꽃비 내리거든

초판 1쇄 인쇄 2023년 8월 14일
초판 1쇄 발행 2023년 8월 24일

지은이 김인중 신부 · 원경 스님
표지 글씨 강병인
펴낸이 정해종

펴낸곳 ㈜파람북
출판등록 2018년 4월 30일 제2018-000126호
주소 서울특별시 마포구 토정로 222 한국출판콘텐츠센터 303호
전자우편 info@parambook.co.kr
인스타그램 @param.book
페이스북 www.facebook.com/parambook
네이버 포스트 m.post.naver.com/parambook
전화 (편집) 02-2038-2633 (마케팅) 070-4353-0561

ISBN 979-11-92964-50-8 03810
책값은 뒤표지에 있습니다.

빛섬에 꽃비 내리거든

김인중 신부 그리고
원경 스님 쓰다

파람북

김인중 신부님께 드리는 글

천국을 앞당겨 맛보게 한 빛의 화가

이해인(수녀, 시인)

동서양에서 '빛의 화가'로 불리며 사랑과 존경을 한 몸에 받으시는 김인중 신부님. 도미니코 수도회 수사님이라서 항상 하얀 수도복을 입고 일생 동안 기도의 언어를 하얀 화폭에 쏟아부으신 신부님. 일죽一竹이란 아호 그대로 하늘 아래 곧게 뻗은 대나무를 닮으셨네요.

언젠가 제가 부산에서 서울 가는 길, 기차가 대전역에 멈추었을 때 우연히 신부님을 반갑게 만나 이런저런 이야기를 나눈 적이 있었지요. 그 이후 서신을 통해 신부님은 제게 "안에서만 타오르는 촛불이 되지 말고 밖으로도 빛을 뿜어내는 넓은 빛이 되어야 한다"는 문학적 조언도 해주셨습니다.

비록 단편적이긴 하지만 화가사제로서 삶을 조명한 다큐멘터리 〈천사의 시〉도 동료 수녀님들과 같이 보고 신부님의 그림들을 한데 모은 『그림시편』도 보았습니다. 그림으로뿐만 아니라 삶 자체도 빛이 되어 선한 영향력을 아낌없이 발휘하는 신부님께서 어느 훗날 세상을 떠나셔도 작품들은 빛으로 남아 살아 숨 쉰다고 생각하면 기쁘시겠지요?

영원으로 이어지는 빛의 예술을 창조한 작가로서, 인류 전체를 가족으로 끌어안는 사제로서 잔잔한 위로가 되리라 믿습니다. 오늘도 그리스도의 충실한 제자로서 우리를 빛의 삶으로 인도해주시니 감사드리옵니다. 빛을 찬미 찬송하며 빛에 대한 노래를 부르고 글도 썼지만, 자신이 존재 자체로 빛이 되어야 한다는 깨우침과 사명감을 너무 늦게 갖게 된 저도 오늘은 참 기쁩니다. 신부님의 『그림시편』에서 저도 영감을 받아 지상의 남은 시간을 더 고맙게, 기쁘게 엮어내는 한 편의 시가 되어야지 하고 겸손한 마음으로 다짐해봅니다.

시편을 학교에서 신학적으로 배우고 구조분석학적 숙제를 하느라 수없이 되풀이해 읽고 또 읽었지만, 신부님의 그림을 통해 묵상하니 그냥 눈이 맑아지는 단순한 깊이로 와닿아 좋습니다. 일생의 사계절과 인간의 모든 감정이 압축된 150편의 시편을 멋진 그림으로 풀어내신 그 과업만으로도 신부님은 이미 천국을 앞당겨 맛보신 게 틀림없기에 부럽습니다.
신부님의 작품들이 원경 스님의 시편들과 어우러져 더없이 환한 빛으로 다가오는 『빛섬에 꽃비 내리거든』을 통해 더 많은 이들의 영혼에 빛을 밝히고 이 세상을 더 아름답고 따듯하게 넓혀가길 바랍니다. 두 분의 작품이 수행의 여정을 대변하는 것 같아 보고 읽는 내내 가슴이 뜨거웠습니다. 종교와 세대의 차이를 넘어, 장르와 문화의 차이를 넘어 교류하는 두 분의 모습이 또 얼마나 아름답게 와닿는지요.

언제나 빛을 그리워하는 작은 순례자의 마음으로 저도 함께 기도

하며 아름다운 책 『빛섬에 꽃비 내리거든』의 출판을 진심으로 축하드립니다. 저 또한 부족한 수도자의 모습 그대로 화가 신부님과 더불어 영원한 진선미의 주님을 삶으로 예술로 증언하는 빛의 심부름꾼 시인이 되고 싶으니 부디 축복해주시길 청합니다.
감사합니다.

푸른 빛으로 피어난 수국의 둥근 웃음과 함께
부산 광안리 성베네딕도수녀원 해인글방에서

책머리에

연꽃과 백합이 어우러지는 유정천리의 길

김인중 신부

이른 새벽에 일어나 앉으면 대낮의 어지럽던 소음이 내려 가라앉고 잠잠히 펼쳐지는 일종의 무아경無我境을 맞이하는 듯하다. 사람마다 다른 운명을 타고나듯 서로 다른 꽃의 향기가 오염의 땅 위에 어우러지는, 문득 연꽃이 그리워지는 그런 새벽.

하늘은 광활하면서도 하나요 말없이 덮어주는 사랑의 이불 같은 손길마저 느끼게 하는데, 세상은 좁고 복잡해 온갖 재앙에 시달려 그 가운데서 살아남는 것이 아니라 살아가는 데서 기쁨을 찾는 것이 모든 이들의 수행이 아닐까? 수행을 특정인들만 하는 것이라고 제쳐놓는 것은 이만저만한 오류가 아니다. 사람은 하느님의 형상으로 빚어졌기 때문에 가장 인간다울 때 가장 종교적이며 동시에 천상적이라 할 수 있다. 그런 점에서 원경 스님의 시를 처음 대했을 때 꽃에 대한 시구들이 마음에 와닿았다. 시집 제목이 『그대, 꽃처럼』이라는 것만으로도 마음속에 고향의 그리움이 다가온다. 산울림처럼….

경직된 남성들 사회에서 꽃이 화두에 오르는 것을 한 번도 들어 본 일이 없으니 스님은 꽃들의 대부라고 생각하며, 그것만으로도 단순하고 깊은 시봉으로 여겨진다. 스님은 암자에서 기도하고 받은 내적인 힘으로 '밥 한술, 온기 한술'로 시작해서 무료급식소로 이어지는 공력을 보면서 나는 마더 데레사 성녀를 떠올린다. 그렇다. '배고픔에는 휴일이 없다.' "어떻게 하든지 밥만 안 끊기면 좋겠다"는 90세 노보살님의 말씀을 마음속에 각인해 그런 확신이 힘이 되어 이어지는 아름다움은 거침없이 흘러가는 사랑과 희망의 개울이 되고 바다로 흘러 마침내 열반과 부활의 신비에 닿을 것으로 믿는다. 그 가난한 이들의 얼굴에는 부처님의 미소가 엿보일 것이다.

하느님의 가호로 스님을 청양 정산의 빛섬아트갤러리에서 만났다. 축복의 비가 내렸고 옷매무새와 미소가 상상했던 대로 대하기가 편안했다. 오래전부터 아는 사이처럼…. 우리가 살아가는 지금 세상은 어느 때보다 평화와 사랑이 절실하다는 것은 너무도 평범한 표현이겠으나 이 책을 읽는 독자들 한 분 한 분이 티끌 모아 태산이 되는 것처럼 자기 자신부터 자신과 화해를 시작할 수 있으면 어떨까.
스님의 시와 본인의 그림은 '아름다움' 하나에 뜻을 함께하였으니 종교 간에 초탈의 세계를 통해 저세상의 아름다움을 미리 맛보게 되기를 소망한다.

도스토옙스키는 "아름다움이 세상을 구제할 것이다"라고 말했다. 그 아름다움은 무엇을 뜻하는 것일까? 아름다움의 정의는 '통일과 조화'로 알려져 있듯이, 그 안에는 인간이 필요로 하는 모든 것들이 들어 있는 '사랑과 진리' 그 자체다. 그 맥락 안에는 종교, 언어, 피부가 걸림돌이 될 수 없는 영원함이 스며들어 있다.

스님의 수도복과 본인의 수도복이 어우러진 느낌은 요즘 말로 '아웃렛'이었다. 일단 겉으로 성스러워 보이는! 하지만 서양 속담에 "옷이 수도자를 만드는 것은 아니다"라고 하지 않았던가. 기실 모든 인간은 가장 아름다운 옷, 그 '피부'를 입고 태어났다. "안색이 좋지 않으시네요"라고 말할 때 피부라는 옷은 건강 상태를 여과 없이 드러낸다. 우리가 입고 다니는 옷은 포장지에 불과하다. 그 포장지에 꾸며진 그림이나 색깔들은 어찌 보면 허영과 탐욕의 산물이 아닐까? 우쭐하게 만드는 겉치장?

스님과 본인이 겨냥하는 목표에 도달하려면 '겸손'이야말로 가장 큰 무기가 아닐 수 없다. 그 겸손으로 향을 피워 올리는 뜻을 이루어야 한다. 스님의 연꽃과 본인의 백합이 나란히 하늘을 보며 우리 모두 유정천리有情千里 길을 걸어갈 만하지 않겠는가. 무엇보다도 출간을 위해 애써주신 파람북에 고마움을 듬뿍 전하고자 한다. 아울러 이 책과 함께할 독자들의 따스한 찻잔을 떠올리며 부디 회망의 향내가 집안 그윽해지시길 기원한다.

책머리에

영겁을 노래하는 꽃처럼

원경 스님

평소 존경해 마지않는 김인중 신부님의 그림과 나의 시로 책을 엮자는 제안이 출판사로부터 들어왔다. 신부님께 보낸 나의 시편들을 읽고 신부님께서 매우 좋아하셨노라 했다. 서로 막연한 언질만 나눈 뒤, 망설임을 완전히 떨치지 못한 채 한겨울이 지났다. 혹여 나의 시가 신부님의 작품에 누가 되지는 않을까. 추위가 가시고 환절기의 안개 피는 첫봄 즈음 '다짐'이 일었다.

꽃 같은 한 생애 동안 사제의 길을 걸어온 신부님을 생각하니, 마치 가까운 절집 어른을 뵈온 듯했고, 예술가로 혼신을 다 바친 그 열정을 마음에 담아보니 절로 울림의 순간이 찾아왔다. 신부님의 그림을 바라보다 화두처럼 던져지는 영감들을 놓치지 않고 쓰고 또 썼다. 동서양의 종교는 다르지만 섬김의 진정성은 다름이 없고, 백합과 연꽃의 모양새는 다르지만 어우러지는 향기는 결국 하나가 아니던가. 연꽃 피는 심곡암에 훈풍이 불어 이내 백합 피는 빛섬에 가닿았다.
우기의 시작인가, 요 며칠 산속 암자의 개울물 소리가 커졌다. 늘 잔잔하던 소리에 오늘따라 들뜸의 기세가 느껴졌다. 그렇게 흐르는 물소리가 그리움을 일군다. 넘쳐흘러 어디에 가닿을런가. 비마저 내려 마치 함께 흐르자고 도닥거리는 듯하다.

불어오는 향기인가, 바람에 실려 가는 향기인가. '화향천리 인향만리花香千里 人香萬里'라고 했는데, 오고 감이 없이 들과 산의 경계를 넘나드는 게 향기 머금은 '님의 바람'이다.

'벗이 멀리서부터 찾아오면 또한 즐겁지 아니한가!有朋自遠方來不亦樂乎.' 사노라면 논어의 이 명구가 가끔 지인 간의 왕래에 기쁨을 돋운다. 어찌 오는 것만 즐거움이겠는가. 찾아가 뵐 선배 어른과 벗이 있어서 먼 곳을 마다하지 않고 기꺼운 마음으로 달려갈 곳 있다면 이 또한 큰 즐거움이다. 오늘같이 바람 부는 날엔 이대로 향기를 따라 길을 나서지 않을 수 없다. 늘 멀리서 명성만 듣던 김인중 신부님을 뵈러 가기로 했다.

설렘을 갖고 길을 나서자 술렁대듯 숲마저 바람을 일으키며 흔들어 일깨웠다. 살아가면서 누군가를 향한 존경과 그리움이 없다면 얼마나 건조할 것인가. 바람과 운무, 비 내음을 일으키듯 가다 보니 어느새 온 산과 들녘이 무대가 되어 '우현장주雨絃長奏', 대 하모니의 긴 연주를 펼치는 듯했다. 거쳐 가는 곳마다 자연이 빚어내는 선율이 그치다 계속되기를 반복한다. 이 작은 나라 안에서도 이렇게 지역의 다양성이 존재한다.

빛섬아트갤러리에 도착하자마자 하늘이 활짝 개었다. 울음을 그친 어린아이의 두 눈에 남겨진 눈물이 뚝뚝 떨구어지듯, 흠뻑 젖은 짙푸른 나뭇잎엔 반짝임을 안은 다채로운 빛깔의 수정구슬들이 떨구어졌다. 이렇듯 말갛게 씻긴 '빛섬아트갤러리'는 말 그대로 초록 대지 위의 '빛' 그 자체였다.

너른 잔디밭을 비켜 들며 안으로 드니 초입에 있는 카페의 커피 향이 정겹고, 갤러리 문 앞까지 나오셔서 맞이해주시는 김인중 신부님의 인자한 눈빛은 금방 개인 반짝이는 햇살 같았다. "축복의 비를 맞으며 오셨냐"는 신부님의 미소 어린 인사말에 맑은 하늘 같은 상쾌함이 묻어났다.

언제 뵌 적이 있었던 분처럼 낯익고 편안하신 풍모가 흡사 집안 어르신 같다. 초면이지만 마치 백년지기를 만난 듯 어색함 대신 반가움이 가득하다. 아끼던 차 선물과 함께 졸고인 시집 『그대, 꽃처럼』과 산문집 『밥 한술 온기 한술』을 건네 드리니 살갑게 어루만지듯 받아주시는 모습에서 신부님의 따스한 인품을 느낄 수 있었다. 토닥토닥 긴 전생의 여정 끝에 다시 만난 듯 마주하는 차향은 '다향천리'의 그리움을 펼쳐 앉은 듯하였다.

담소 끝에 한숨을 거둬 드린 후 신부님을 따라 차분히 전시관을 둘러보았다. 버려진 연초 창고가 근사한 갤러리로 재탄생한 그곳에서 빛빛으로 선명한 작품들이 자리를 지키고 있었다. 미리 화집에서 봤던 상상 속 빛의 나래가 현실 속에서 선영鮮映하게 제 빛깔을 드러냈다.

실물로 접한 신부님의 그림은 상승하는 불꽃처럼 일렁이고 산곡에 내려앉은 새벽안개처럼 고요히 스미는가 하면 풀꽃을 건드는 나비의 날갯짓처럼 오묘하고 섬세한 선율을 보여주었다. 때론 장엄하고, 때론 숭고하며, 때론 온화했다. 언뜻 조지훈의 시 「승무僧舞」의 시구처럼 '휘어져 감기우고 다시 접어 뻗는 손이 깊은 마음속 거룩한 합장인 양" 마음을 어루만지기도 했다.

"나의 작품을 추상화라 말하는데, 나는 내 안의 심상을 그린 것이니 추상이라 말하고 싶지 않다"라는 말씀에 "마음빛을 그리셨으니 '심상화'라고 하시면 되겠습니다"라고 응답하는 말끝에 서로 마주 보며 웃음 지었다. 또 "나에게 그림 설명을 해달라신 분들이 많다. 그러나 나는 그릴 뿐 내가 설명을 할 것 같으면 글을 썼을 것이다." "쓸 수 없기에 화가는 그림을 그리고, 쓸 수 없기에 음악가는 선율을 짓는다"라는 말씀을 하시는 데 깊은 공감이 닿았다. "내게 열반이 있다면 작업이 끝나는 순간이다"라고 말하는 그 모습에서는 평생 쉼 없이 한 길을 걸어온 신부님의 열정이 그대로 전해졌다.

넉넉한 전시 공간을 두루 둘러보고 차탁에 마주 앉아 담소를 나누는데 당신의 그림으로 성서의 시편을 담은 화집을 선물로 주셨다. 사뭇 두께가 꽤 되는 화집을 펼치니 그 속에 또 다른 세계가 있었다. 특히 89편 "저희의 날수를 셀 줄 알도록 가르치소서"라는 대목이 가슴을 치고 들어왔다.

> 정녕 천년도 당신 눈에는 지나간 어제 같고
> 한밤 야경의 한때와도 같습니다.

마음을 가다듬고 읽게 되니 동서고금에 통하는 명문인 구절구절이 노래며 시 아님이 없어서 읊는 이 스스로 그대로 음유시인이 되었다.

신부님은 절집으로 말하자면 선승禪僧 같은 분이다. 신부도 스님도 온전히 집을 떠나서 결국 법계의 모든 이를 함께 사랑하고자 하는 평등심으로 누리의 자애 실현에 뜻이 있지 않은가. 그런 수행과정이 서로 다르지 않아 흔히들 신부에게 '서양 스님'이라는 별명도 붙이곤 한다. 이런저런 잡다함을 두지 않고 오직 기도와 묵상 그리고 작품에 정진하는 올곧음이 있었기에 스테인드글라스 작가로 샤갈, 마티스 등과 이름을 나란히 하고 세라믹 작품을 피카소의 작품과 공동으로 전시하는 등 큰 발자취도 남길 수 있었을 것이다. 이렇게 한 생애를 일관해 묵묵히 거장의 길을 걸어오기까지는 얼마나 투철하고도 처절한 자기 극복과 진선미의 몰입이 있었을까. 가늠조차 어렵다.

오늘날 세태 풍속을 보노라면 사람들은 한순간도 고요와 정적을 견디지 못한다. 그런 순간과 마주하게 되면 불안해하고 외면하듯 무언가를 갈구한다. 무의식적인 갈구渴求는 결국 허상을 따라가게 된다.
진정으로 '참빛'을 보려는 자라면 혼자 묵상하고 철저한 탈속脫俗 속에 거울을 보듯 내면과 마주해야 한다. 그래야 비로소 진정한 자유와 평온이 찾아온다. 고독함을 정면으로 바라보지 못하고서는 스스로 내면의 소리를 듣지 못하고, 진정으로 바라보질 못한다.

함께 빛섬에 있는 이 순간을 "오늘, 이 순간 아름다운 만남은 영원한 현재가 아니겠냐"는 신부님의 한마디에 가슴이 울렁였다. 불교의 법성게의 '일념즉시무량겁一念卽是無量劫'의 게송을 몸으로 체득하신 바인가, '영겁을 노래하는 꽃처럼 살으리'라는 나의 시구를 되뇌심인가. 안팎이 없는 그 자유로움은 예술의 탐구와 수행의 안목 속에 너른 포용적 성찰을 이룩하고, 종교의 벽과 사상마저 사라지게 하는 원융담적圓融湛寂한 빛이 나투는 듯했다. 그러고 보니 사제의 길을 걷는 내내 매 순간의 그림 빛은 영원한 현재의 빛이 되고 있나 보다.

눈빛 마주친 후 긴 시간마저 한순간!
어느덧 작별을 고하고 돌아서야 했지만 아쉬움은 남지 않았다.
금빛 같은 인연의 재회를 알기에.

차례

1

빛을 그리다

김인중 신부의 스테인드글라스와 아포리즘

* 김인중 신부는 자신의 작품을 하느님에게 바치는
온전한 봉헌으로 여기기에 작품에 제목을 달지 않는다.

선線은 죽음을 가로지르고

색채는 천상의 향연을 펼칩니다.

틀에 박힌 예술의 유혹을 뿌리치고 외롭더라도 나는 나의 길을 가고자 합니다. 기교보다는 따뜻한 손놀림이 훨씬 더 사람의 마음을 움직입니다. 진리가 그러하듯 거침없는 붓놀림만이 나를 자유롭게 해줍니다. 자유와 진리는 한 원천이기에 그렇습니다.

–

예술이란 어둠에서 벗어나 빛으로 향해가는 끊임없는 과정입니다. 저는 말이 통하지 않아도 모두가 함께 느낄 수 있는 보편적인 세계화를 그리겠다고 스스로 다짐했습니다. 어쩌면 제 그림이 서양의 추상화 같으면서도 동양의 수묵담채화처럼 보이는 것도 그런 연유일 것입니다. 제 그림은 동양화나 서양화가 아니라 '세계화世界畵'입니다.

빛을 향해 가슴을 연다는 것은 누군가에게 뭔가를 베푸는 것처럼, 그 황홀함을 느끼는 것입니다.

–

스테인드글라스에 빛이 투과될 때 스테인드글라스가 설치된 주변 벽에 어떻게 비치는지, 바닥에는 어떻게 형상이 만들어지는지, 여름과 겨울에 해의 고도高度가 다를 때 어떻게 될지 예측해야 합니다. 색도 해가 뜨는 곳에는 파랑 · 보라처럼 차가운 색을, 해가 지는 곳에는 빨강 · 노랑처럼 따뜻한 색을 배치합니다. …… 빛이 창을 통해 들어왔을 때 분위기는 꼭 렘브란트 성화聖畫 같습니다.

저는 로마네스크 예술의 단순성에 대한 향수를 지니고 있습니다. 제 스테인드글라스는 형상도 없이 매우 단순한 색채일 뿐, 원초적이라 할 만한 그런 단순함의 의미를 추구합니다. 그리하여 이들이 돌로 지어진 벽으로 하여금 노래하게 해야 합니다. 스테인드글라스는 교회의 눈입니다. 방심할 틈도 없이 빛을 전해야 합니다.

-

내 작업이 의미가 있다면, 내가 공을 들였던 교회들을 누구나 순례할 수 있도록 하는 게 아닐까 싶습니다. 종교와 무관하게 누구든 아름다움을 찾아 나서는 이들에게 말입니다. 내 작품은 우리네 가슴에 선뜻 다가오는 아름다운 모자이크처럼 어떠한 주장이나 선동이 없는 온전한 봉헌일 뿐입니다.

저는 합리적이거나 논리적이며 이지적인 것들을 그리지 않습니다. 오히려 감각을 소중히 여깁니다. 어떤 이들은 제 그림을 보고 아무것도 볼 수 없다고 말합니다만, 또 어떤 이들은 보면서 행복하다는 이들도 있습니다. 제 그림을 이해하는 데 꼭 이지적이어야 할 필요는 더더구나 없습니다.

–

지난 세기에 살아 계셨던 형제가 있었습니다. 글자를 모르셨지만 제 그림을 보고 늘 명상을 하셨지요. 그분은 저보고 잘 지내느냐고 묻기보다는 당신의 그림 색깔은 잘 지내느냐고 물으셨습니다. 그분은 제가 쓰는 색깔이 곧 제 삶인 것을 이해하셨던 셈이지요.

표현하기 힘든 충만감에 나 자신을 잊는 순간 나는 이미 혼자가 아닙니다. 나에게 화폭 하나하나는 마치 땅을 일궈 가을걷이하는 터전과 같습니다.

–

전시장을 찾은 예닐곱 명의 유대인들이 나의 손을 꼭 잡고 한마디 건넸습니다. "당신 그림 앞에선 기도할 수 있을 것 같습니다. 당신은 유대교와 그리스도교의 벽을 허물었으니까요."

저는 비구상이라는 표현을 좋아합니다. 작금의 세태는 온갖 형상의 이미지가 범람하고 있습니다. 텔레비전, 영화를 비롯해 다양한 미디어가 형상의 표현으로 가득 차 있습니다. 모든 게 형상이 차고 넘쳐 신비스러움이 자리할 곳이 없습니다. 저는 신비를 좋아합니다. 저는 신비스러운 세계를 찾아 그림 속에 그것을 표현합니다.

-

형상이나 기술로 허황한 세상을 보여주는 오늘날, 저는 비가시적인 세계를 표현하고자 했습니다. 진정한 예술은 예언자적이어야 하며 시공을 초월해 모든 영혼을 달래는 데 의미가 있음을 믿기 때문입니다.

아름다움이야말로 우리를 구원하는 영원불멸의 가치임을 확신했습니다. 그래서 세평에 개의치 않고 자유로운 창작의 길, 오직 나만의 길을 가야겠다는 일념으로 작품 활동을 할 수 있었습니다. 안정됨과 익숙함을 경계하며 늘 새로운 도전과 모험을 감행할 수 있었습니다.

-

하늘나라는 단순하지만 내가 사는 이 지상은 복잡합니다. 더 큰 꿈을 꾸어야 합니다. 프라 안젤리코의 환희에 넘치는 색조들을 공간에 담기 위해 시간을 더 바쳐야겠습니다. 프로방스의 햇살, 남프랑스의 하늘이 나를 부릅니다.

눈부신 빛은 격렬한 빛이 아닙니다. 며칠 동안 강렬한 빛에 시달렸습니다. 8월 중순으로 접어들어 격렬했던 빛은 부드럽게 빛나기 시작합니다. 이 빛에서 얻어낸 작업이 하도 만족스러워 눈물이 날 것 같았습니다. 이번 기회에 지나치게 강렬한 요소들을 제거해 진정한 힘으로 변화시켜 보고 싶었습니다.

-

그렇게 맛난 과일을 주던 무화과나무가 나이가 들어 밑동을 잘라냈습니다. 잘려나간 그루터기는 얼마나 오랫동안 열매를 맺었는지 연륜을 드러냅니다. 멈출 줄 아는 지혜를 배웠습니다.

지금 스테인드글라스를 만들기 위해서 맘껏 자유롭게, 진정한 수채화같이 서로 섞여드는 색깔들의 아무런 제한도 없이 모험을 감행하고 싶습니다.

–

저는 제 작품을 통해 빛을 여과시키고 싶습니다. 빛의 힘을 입어 어둠을 쫓아내야 한다는 사명감을 느낍니다. 어둠인 지옥은 사랑의 부재이고, 천국은 죽어서 맞이하는 곳이 아니라 서로 사랑할 때 이미 시작되는 곳입니다. 천국이나 지옥을 말하기 전, 또는 종교나 예술을 언급하기 전 우리는 최소한 건전한 상식인이 돼야 함을 강조하고 싶습니다.

그림을 그린다는 것은 새 하늘 새 땅을 찾는 일,
저세상에는 그림 그릴 필요가 없을 것이다.
그곳은 시간이 정지된 영원의 현재일 테니까.
희망이 달성된 곳에 무엇을 더 바라겠는가.
하지만 시작은 반, 저세상을 향한 첫걸음은 그곳의 투영된 모습
성인이나 예술가의 생명은 그들이 남기는 과업,
그다음은 넘치는 침묵이 격조를 가한다.
새로움이란 여태껏 듣거나 본 일 없는 신선한 것,
가장 밑으로 내려가는 이가 가장 빛나는 보화를 끌어올린다.
그림을 그리는 일은 제조하는 것이 아니고
잃어버린 낙원을 되찾는 일.
선과 채색으로 협화음을 이루면서,
지나가는 일들을 영원 위에 잡아매는 일,
아무리 좋은 작가라도 하찮은 종일 뿐,
하얀 캔버스 위에 기쁨을 작곡하듯,
영근 열매로 가지가 휘어진 생명의 나무로 서 있고 싶다.

주님,
소외된 이들과 내쳐진 환자들을 위로하기 위해
참빛을 비추어주시고 이끌어주시는 달처럼
제 가슴을 어루만져주소서.

10 VITRAUX D'ARTISTES

LES ÉGLISES SONT LIEUX DE RESSOURCEMENT. ON S'Y LAISSE AUSSI INSPIRER PAR LES COULEURS DE L'ART.

TEXTE **PAULINA SZCZESNIAK**

1 Kim En Joong
Cathédrale Saint-Mel, Irlande

Les vitraux Si son œuvre est originale, sa vie ne l'est pas moins. Kim En Joong, né en Corée en 1940, a d'abord eu la révélation de l'art à 6 ans, en découvrant la couleur sur des estampes laissées par les forces d'occupation japonaises après la guerre. Puis, à 25 ans, il s'est tourné vers Dieu, devenant professeur de dessin à l'école catholique de Séoul. Et enfin il a pris le chemin de Paris, en 1975, où il vit toujours dans un couvent dominicain. La première commande de vitraux date de 1973, pour le couvent des dominicains à Fribourg, où il a été novice. Une autre suit dans les années 80, puis trois dans les années 90, et dès le tournant du millénaire, ça n'arrête plus. Depuis, le calligraphe et peintre, ordonné prêtre en 1974, a décoré près de 50 églises – dont la cathédrale Saint-Mel de Longford, en Irlande (ci-contre et ci-dessus) – de ses motifs uniques, tantôt des couleurs diluées, tantôt d'énormes fleurs prises dans la glace. Folie mystique!

Qui aurait cru que... la cathédrale Saint-Mel de Longford, en Irlande n'aurait jamais eu de vitraux signés Kim En Joong, si elle n'avait pas entièrement brûlé à Noël 2009?

2 Marc Chagall
Frauenmünster, Zurich

Les vitraux Quand on dit Chagall et vitrail, on pense à Reims et à sa cathédrale. Mais avant, il y a eu Zurich et le Fraumünster. Dans les années 60, son pasteur fit jouer le réseau du propriétaire du restaurant Kronenhalle et ami des artistes, Gustav Zumsteg, pour solliciter Marc Chagall (1887-1985). Le moment était bien choisi, car le Kunsthaus de Zurich projetait précisément une rétrospective du peintre russe de confession juive. C'est donc après avoir obtenu la bénédiction d'un rabbin et loué une chambre à l'hôtel Baur au Lac qu'il s'est mis à la réalisation de ces vitraux devenus un des aimants touristiques de Zurich... pour un montant de 150 000 francs. Chagall aurait glissé son portrait, dans le vitrail de la crucifixion, à droite aux pieds du Christ.

Qui aurait cru que... le peintre poète avait déjà 75 ans lors de l'inauguration de ses premiers vitraux dans la synagogue de l'hôpital Hadassah à Jérusalem? Il a été tellement fasciné par l'effet de la lumière sur son art, qu'il s'est lancé dans une frénésie de vitraux d'église. Après Zurich (1970), il y a eu Reims (1974), Sarrebourg et Chichester (tous deux en 1976), Mayence et Kent (tous deux en 1985).

3 Marianne Peretti
Brasília

Les vitraux Rarement a-t-on vu autant de verre: 2000 m², c'est la taille des panneaux entre les 16 arcs de béton de la cathédrale hyperboloïde Notre-Dame-de-l'Apparition qu'Oscar Niemeyer (1907-2012) a dressée au milieu du plan de Brasília. Ces vitraux monumentaux, dessinés par Marianne Peretti, forment une voûte céleste au-dessus de trois sculptures d'anges descendant du dôme. En 2010, ils ont été restaurés par l'artiste verrier brésilien Luidi Nunes. Le brouillard et le climat tropical avaient fait des dégâts depuis l'inauguration en 1970. Sans compter la qualité du verre produit à l'époque dans le pays, selon des techniques expérimentales, en raison des restrictions d'importation. Un casse-tête pour la rénovation.

Qui aurait cru que... la date de sortie de cette édition de *encore!* coïncidait avec le 93e anniversaire de Marie Anne Antoinette Hélène Peretti née à Paris le 13 décembre 1927? Sa mère était mannequin, son père historien brésilien. À la vingtaine passée, l'étudiante en art est attirée par le pays natal de son père et y restera définitivement, jouant un rôle important, artistique et affectif, dans la vie d'Oscar Niemeyer.

4 Henri Matisse
Chapelle du Rosaire, Vence

Les vitraux Henri Matisse (1869-1954) considérait la chapelle du Rosaire comme «le résultat de toute sa vie active», pas moins. L'édifice situé sur les hauts de Vence mesure 15 mètres de long et rien ne le distingue de l'extérieur. À l'intérieur, les peintures murales, les vitraux et les ornements sacerdotaux ont été conçus comme une œuvre totale par l'artiste français, à l'aube de ses 80 ans. La lumière baigne les vitres décorées de végétaux stylisés bleus, verts et jaunes. Le vitrail derrière l'autel représente *L'arbre de vie* tiré de l'Apocalypse de Jean. C'est sous forme de découpages que Matisse, gagné par la cécité, a conçu les motifs: «Je coupe ces papiers gouachés comme on coupe du verre.»

Qui aurait cru que... Monique Bourgeois, que Matisse avait engagée comme infirmière et modèle en 1941, rejoindrait plus tard le monastère dominicain de Vence, devenant Sœur Jacques-Marie? Une solide amitié s'est nouée entre le vieil homme et la jeune femme. C'est ensemble qu'ils ont mené le projet de la chapelle du monastère. Une aventure racontée par la bonne sœur dans un livre paru en 1992.

5 Sigmar Polke
Grossmünster, Zurich

Les vitraux Les tableaux de Sigmar Polke (1941-2010) sont comme un électrochoc pour le cerveau du néopop nerveux, qu'il a lui-même appelé «réalisme capitaliste». Certains ont donc été étonnés quand, en 2006, il a remporté, devant Olafur Eliasson, maître de la contemplation, le concours pour la création de douze vitraux à la paroisse de Grossmünster à Zurich. Mais quand on sait que l'artiste allemand avait un frère théologien et qu'il a suivi une formation de peintre sur verre, le choix devient aussi évident. Les sept vitraux sont conçus comme un patchwork d'agates en tranches, alors que les autres citent des épisodes de l'Ancien Testament pour conduire vers le vitrail central du chœur, la naissance du Christ, signé, lui, par Augusto Giacometti.

Qui aurait cru que... la fabrication des vitraux serait si délicate? Pour rendre justice aux dessins de Polke, les maîtres verriers ont dû inventer de nouveaux outils. L'artiste très engagé et enthousiaste a lui-même placé chaque agate. En tout, le chantier a pris deux ans de plus que prévu. Mais qu'est-ce en regard de l'éternité?

6 Joan Vila-Grau
Sagrada Família, Barcelone

Les vitraux La Sagrada Família est déjà impressionnante de l'extérieur, mais dedans, quel spectacle! L'architecture néogothique moderniste de Gaudí devient presque secondaire tant les jeux de lumière dus au soleil offrent une vision saisissante. Les ouvertures n'accueillent des vitraux que depuis 2010, avec des motifs aux couleurs arc-en-ciel du peintre barcelonais Joan Vila-Grau (*1932), qui a honoré cette commande peu avant le début du millénaire. Grâce à lui, pour la première fois peut-être, on comprend pourquoi Antoni Gaudí i Cornet (1852-1926) a dessiné ces colonnes hélicoïdales qui se ramifient en branches jusqu'à la voûte, comme des arbres. Désormais sous l'effet de la lumière et des dessins vert, jaune, rouge et bleu, se dresse une forêt féerique, éblouissante, à la limite du kitsch. Mais c'était là le souhait de Gaudí.

Qui aurait cru que... les vitraux ont été installés illégalement? La Sagrada Família a été mise en lumière en 2016, après 137 ans dans l'ombre. Et ce n'est que le 9 juin 2019 qu'un permis de construire officiel a été délivré!

2021년 12월 스위스 유력언론《르 마탱Le Matin》지는 김인중을 세계 10대 스테인드글라스 작가로 선정하고, 마르크 샤갈, 앙리 마티스를 뛰어넘는 화가라고 평가했다.
빛의 화가 김인중 신부에 대해서 세계적인 미술사가 웬디 베케트Sister Wendy Beckett 수녀는 "만일 천사들이 그림을 그린다면 그들의 예술은 틀림없이 그의 그림과 같을 것이다"라고 격찬했다.
프랑스 미술사학자인 드니 쿠타뉴Denis Coutagne는 김인중과 세잔, 마티스, 피카소를 비교한 저서 『Kim En Joong artist della luce』에서, "김인중의 장엄하고 아름답고 신비한 독보적인 조형세계는 다른 거장 화가들에 버금가는 수준"이며, "세잔, 피카소를 잇는 빛의 예술가"라고 극찬했다.

2

꽃보다 꽃 그림자

김인중 신부의 회화작품과 원경 스님의 시와 산문

창窓

계절이 흐르는 창에는
이웃의 일상이 흐르고
생각이 많을 땐
사유思惟가 흐르고
휴식이 필요할 땐
차향이 피어나고

나의 기도가 깊어질 땐
빛빛마저 모여든다

이 고운 창을 내신 그대
그 손결 빛나셔라

내 안에 노래를

내 안에 노래를 주오
밤새 비 내리던 소리 어느새 개어들고
씻기듯 햇살이 반짝이는 창빛처럼

아무런 생각 없이
이대로 앉아 무심히 차를 마실 뿐
잔잔히 드는 향을 살뜰히 맞이하는
이대로의 노래가 내 안에 일도록
그대, 내 안에 노래를 주오

밤새 부푼 울음도 그쳤나
개울 물소리 잦아드는데

가까이서 먼 곳에서 마음빛 닿는 이라면
무겁고 어지러운 겉치레일랑 벗어 내리고
고운 속 갈피
마음 한쪽 펼쳐놓으면 될 일을

오늘 아침은
차 한 잔에 꿈을 깬 듯
금빛 햇살의 노래가 드는가

나의 주문 같은 기도처럼

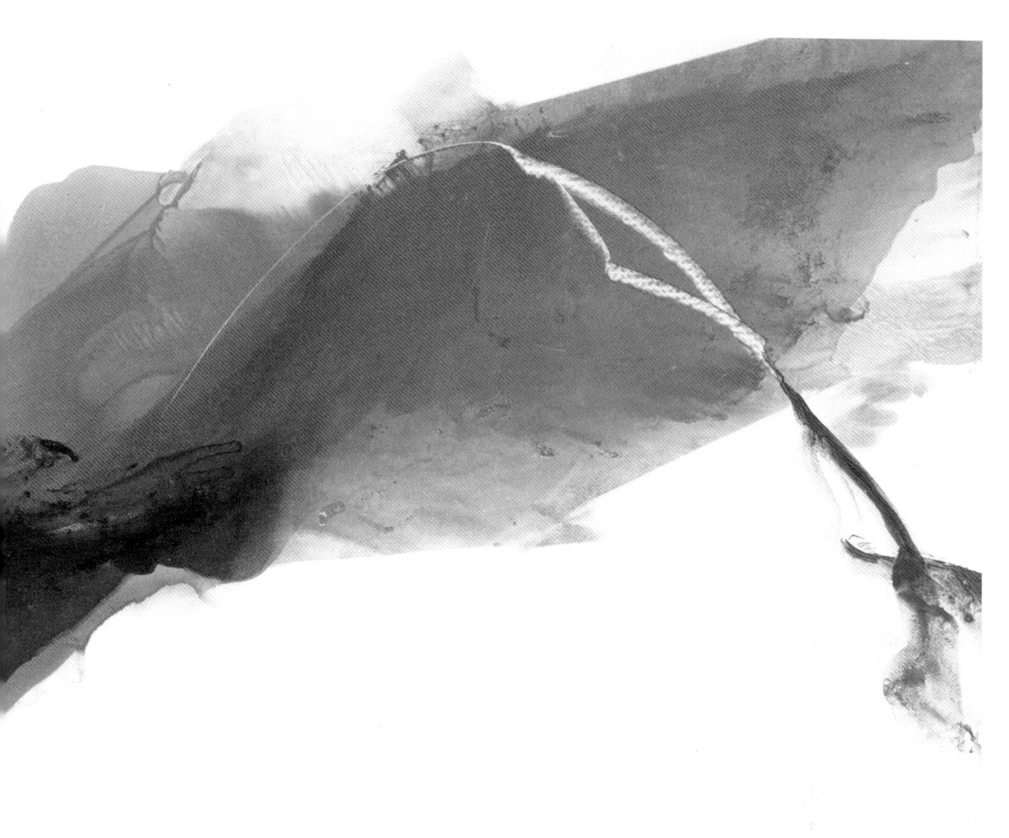

빛섬과 달빛

하늘의 별들이 내려와 빛섬이 되었다
어둠의 바다 위에 떠 있는 도시도시마다의 빛섬

가없이 빛사래 치는 하늘별들을 닮아
스스로 빛을 지녀야 한다며
어둠의 바다 위에 떠 있는 빛섬

모정母情처럼,
늘 마음 놓지 않고 빛섬 위를 맴도는 달빛
어둠 바다의 등대인가

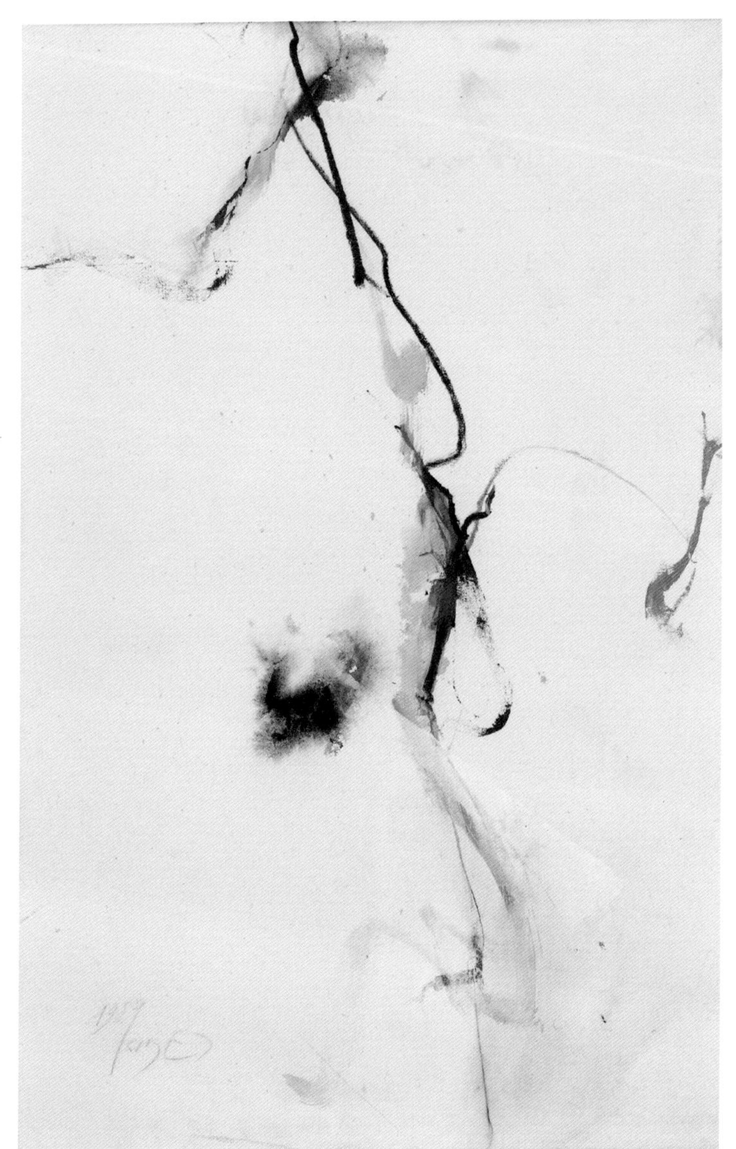

성당의 스테인드글라스 창

절집의 꽃문살이 달빛에 어리듯
성당 스테인드글라스는 햇살의 신비를 안는다

섬김이 미덕의 옷이기에
절집 공양의 정성처럼
봉헌 속에 빛난다

동서가 따로 있는 게 아니다
처소 없이 해와 달과 함께 꽃이 피거늘
서로 비추고 거울처럼 마주하노라면
저마다의 빛으로 향기 오간다

화장세계華藏世界이기에

무상無常을 넘어

고운 이도
세월이 빛을 바래게 하고
정든 이도
세월이 이별을 안겨줍니다

이 무상한 세월 속에
영원은 어디에 있습니까
지금 이 순간, 참된 기도 속에
영원의 빛과 닿습니다

그대 안에

그대 안에
한 세계가 있고요

내 안에
한 세계가 있어요

당신의 세계 속에는
무슨 계절이 오셨나요

꽃이 피나요
잎 푸르나요
단풍 드나요
눈꽃 날리나요

천지를 열기 전인가요
천지를 다 닫은 후인가요
이 모든 것이
그대의 주재에 의함임을

고요히 주인공이 되어보아요

푸른 꿈

신록이 담긴 화폭 속에서
기도하는 소망의 꿈이 푸르러
삶의 의욕과 열정을 안겨주기에

사랑하지 않을 수 없어라
존중하지 않을 수 없어라

하고자 하는 마음에 따른들
이치에 어긋남이 없는 나이라는 일흔을 넘어
백학의 세수에도
청춘의 꿈을 잊지 않은 그대

열정이 고와라
사랑과 소망이 고와라

그대 나에게 숨결을 주오

그대 입김으로
나의 가슴에 숨결을 주오

천지의 바람으로도
가슴은 숨가빠 하나니

그대는 작되
나의 천지가 되고
천지는 크되
나의 숨결도 채워주지 못하나니

그대여
바라옵건대
나의 천지가 되어
숨결을 주오

빛

꽃빛에 햇살이 빛나면
향기미소가 빛나고

고운 마음결에
기도가 빛나니
손결빛도 고와라

단풍丹楓

붉게 타는 그 마음 저리 뜨거워
시월의 단풍 보는 듯하여라

사람들은 그대에게
왜 그리 붉냐고 하지만

그댄,
차라리 불이 되고 싶노라시네

백설白雪

순백하여라, 그대
어찌 그리 내던지시는가

하얗게 하얗게 매화꽃 날리듯
온누리 백설향 가득하고나

바람마저 안고선
흩날리는 그 순결함
흰 망토 입고 사는 삶, 그대로여라

달과 모닥불

무지의 빛 검은 어둠이 있기에
달 같은 지혜가 필요합니다

냉정한 차가움이 있기에
모닥불 같은 따뜻함이 필요합니다

그런 사랑의 길을 나섰기에
빛이고 불꽃이고 싶습니다

춤사위

4월의 산색은 갓 짠 연초록 옷깃인가
봄안개 휘감아 도노라면
누구나 그 옷깃 휘감아 입고
두 팔을 펼쳐 돌면
한 봄 너른 자락 춤사위가 되나니

고운 것은 젖어 들기 쉽고
아름다운 것은 금세 하나 되어라

고운 언어가 시가 되듯
4월의 연초록 산색에 젖은 춤꾼처럼
비췻빛 낙원의 해조음 따라
춤사위로 너울되는 빛나는 그림이여

햇차를 마시며

해동 남녘땅 하동 차밭엔
곡우를 즈음해서 햇차가 나올 때라
그 소식 기다림, 잔 봄바람 설렘 이는데
그 맘이 보챔이 되었나 이른 봄, 햇차를 선물 받았네

햇순 덖어져 뜨거운 인욕, 법제 되느라
제 풍모를 흑회색빛으로 감춘 녹차여

귀할 사, 차시로 덜어내어 다관에 넣고
여린 잎 물러질새라, 돌돌 끓은 물 한숨 죽여 가라앉힌 후
조심스레 가만히 따라 넣노라면
따르는 물소리는 정적을 울리고
감춰진 연푸름을 빛빛이 살려내누나

봄빛을 지닌 그 차엽이여
투명한 유리 다관과 잘 어울려
물과 함께 연푸름 푸름으로
눈이 시려오도록 맑혀주누나

오, 싱그러운 춘삼월 햇푸르름이여
정갈히 하이얀 백자 찻잔이면
더더욱 제빛 드러냄이 좋아 제격이어라

한 잔에 깃든 천지의 은혜여
두 손 모아 받자오니 더욱 감회로와라

공손히 머금는 한 모금 속에도
그 깊은 향기는 춘향춘향, 향운계에 휩싸이게 하여라

예로부터 현성들은 차를 다 사랑하였다니
가히 이로써 그 취향을 알로메라

환희로웠었지
이른 봄을 알리는 설매화의 초춘初春 소식도
아, 또다시 심춘深春의 햇차 시음에
이 봄맞이가 빛과 향기로 새롭구나

다경에 이르길, 지극한 심경 드러내기엔
혼자서 마심을 으뜸으로 하였고
더불어 둘이 마심을 귀히 여겼네

비 온 뒤 청하게 개인, 오늘 같은 날
외로이 지내며 수행함을 좋아하는 벗이 있어
멀다함을 떨치고 찾아오며는
그를 맞아 흔연히 즐겨 마실 차
그 빛깔 그 향기 이대로라네

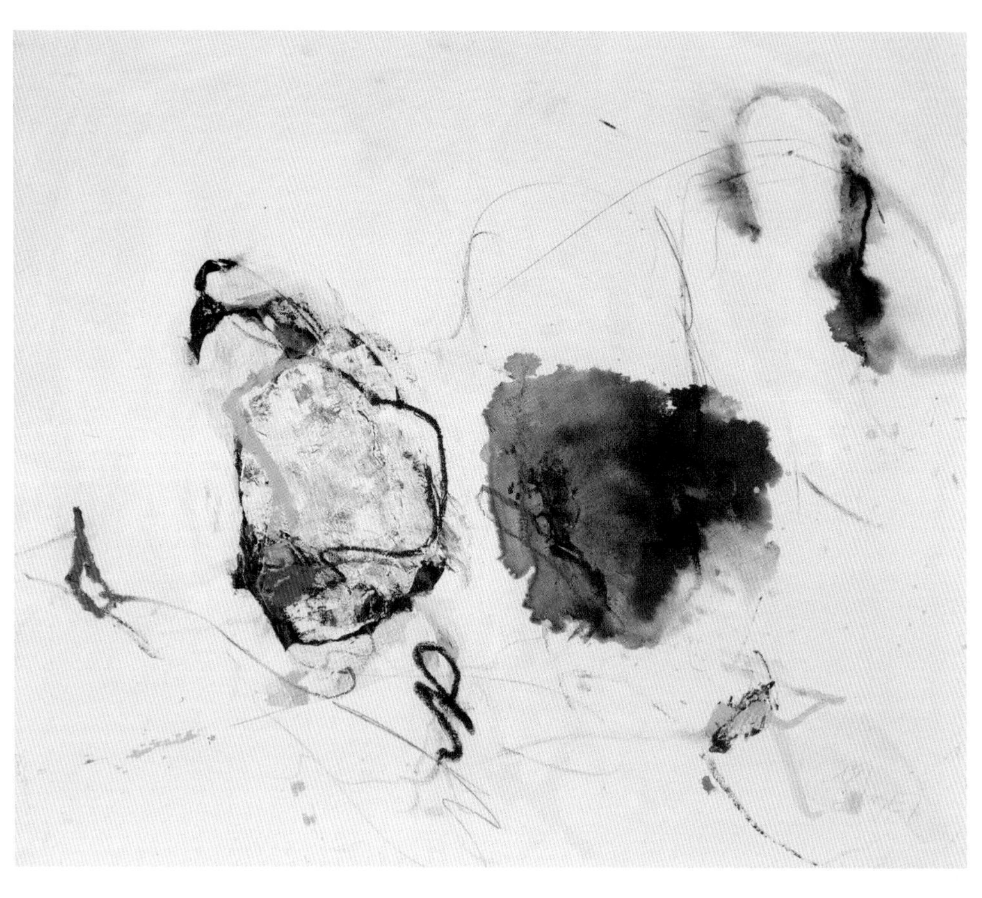

동병同病, 한마음

그대를 생각하면
가슴이 울컥하는 이유를 모르겠네

마음이 가닿아
사랑보다 더 사랑 같은 그런 마음으로

사람들은
순간 속에 산다지만
삶이란 삼세*의 공간인걸

그대가 어디에서 무엇이 되어 있건
햇살보다 더 빛빛나게
잎잎보다 더 연푸르게
바람보다 더 살랑이며
마음 마음을 노래하네

*삼세三世: 과거, 현재, 미래

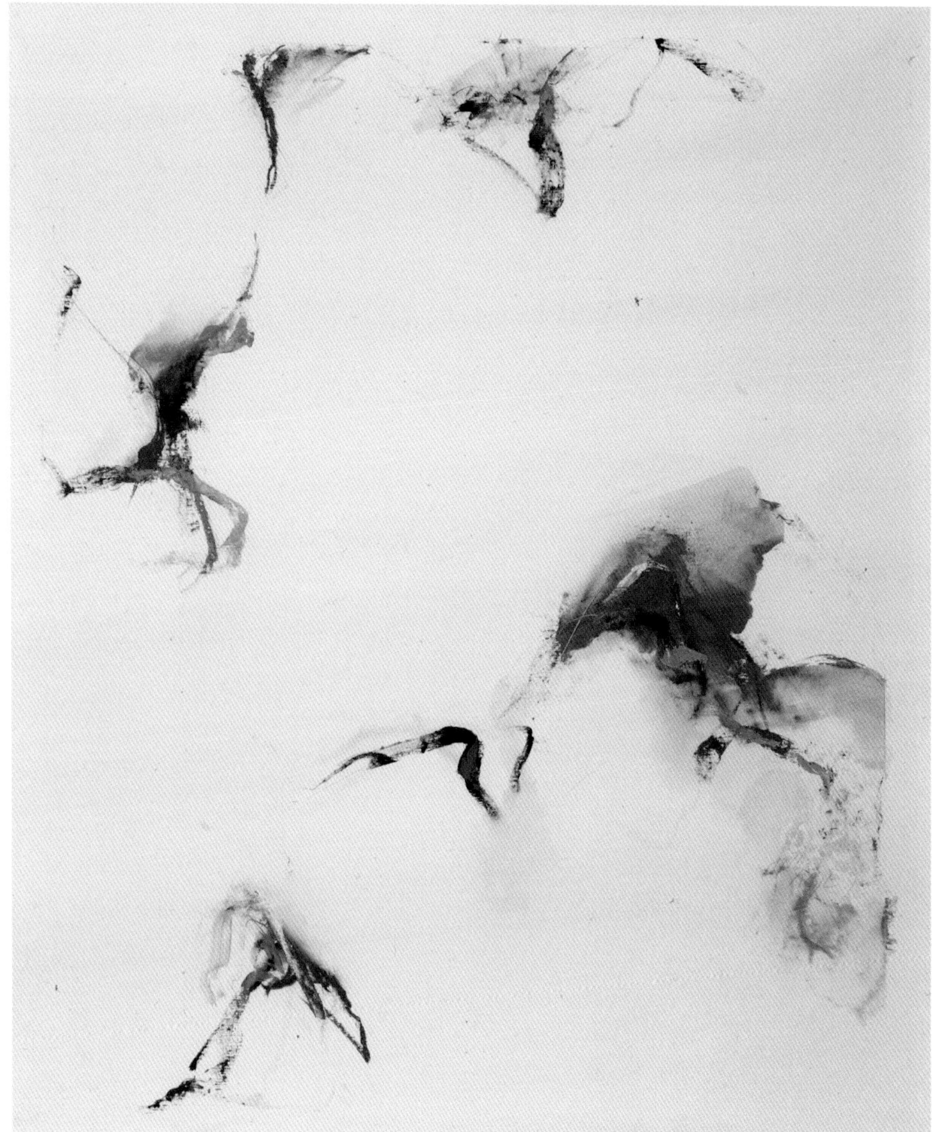

취하여 사는 삶

초하의 녹음향에 취하여
잠 못 드는 한 밤의 심연 속에서는
꽃보다 꽃 그림자가
달빛보다는 달빛 그림자가 아름답습니다

님께서
어둠을 안고 빛그림에 취하여 춤을 추는 것도
그렇듯 아름답습니다

가을빛 내음

홍시가 익는 내음
갈잎이 물드는 내음

떠날 준비인가
조석의 싸늘한 빛 바람 내음
억새가 흰 머리채 흔들며 서걱대는 내음

그즈음 만추의 늦밤에 빛그림 그리는
그대

혼빛

그대는
빛의 혼을 그리는데

그리움 그리움 그리다 그리다
화룡점정畫龍點睛에 이르러
쓰러져 잠드시리

잠 못 드는 한밤의 꿈을 꾸다가
새벽에 드는 비울음처럼
그리 쓰러져 울다 잠들면

바람도 쓰다듬듯 달래며
새날을 맞으리

그림 전시

멀지도 가깝지도 않은 거리에서
바라보는 빛그림은
온전한 마음을 읽기에 좋다

첫 그림의 화폭부터 둥글게 안겨드는 그 감상에
빛그림의 세월이 춘하추동으로 흐른다

때론 밤을 새고 낮을 보태
가닿고자 한 그 빛을 그려낸 작품이
오늘만큼은 낯 맑게 씻긴 아이 얼굴이다

어이하여 삶은
빛과 그림자의 감돌음인가

맑고 환한 작품을 보노니
이렇게 기도하는 것은 생명의 빛이기 때문이다

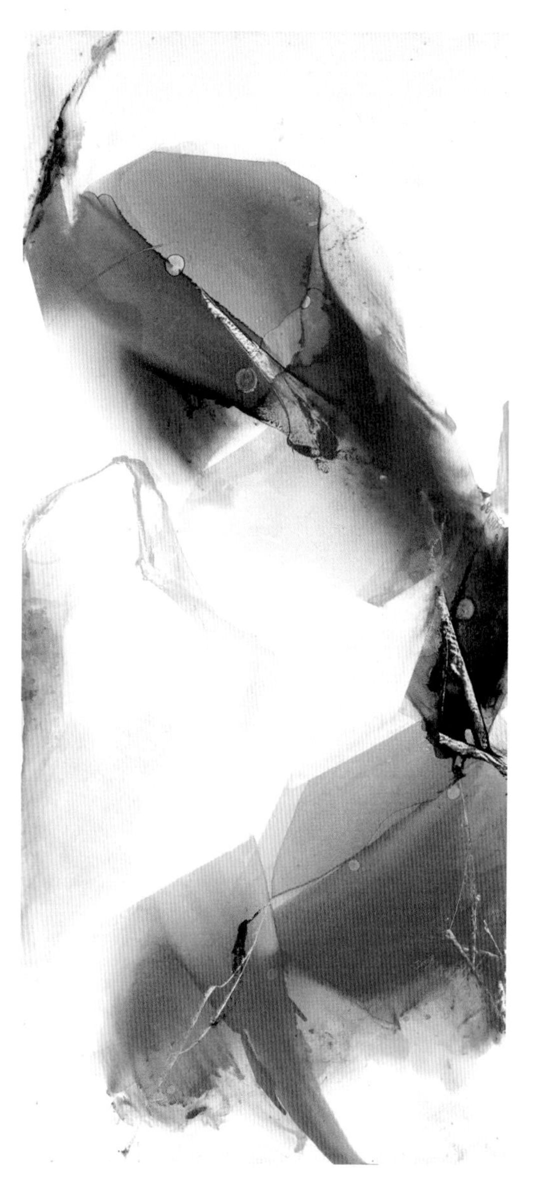

님를 위한 기도

올곧은 신앙의 광휘 속
그 손결에
능력의 빛깔이 담기시기를

소박과 순수의 가없는 사랑 속
그 눈빛에
뭇 군생을 비추시기를

속진을 떨친 그물에 걸림 없는 바람처럼
그 숨결은
빛을 나르는 바람이 되시기를

가닿지 못할 곳 없는 새의 날개처럼
그 빛깃이
가없는 자유의 나래 펼치시기를

그대, 꽃처럼

저 혼의 크기만큼만 피어서
그 빛깔과 향기는
땅이 되고 하늘이 되나니

나도 저처럼
내 혼만큼만 피어나서
땅이 되고 하늘이 되리

피어나는 때를 아는 꽃처럼
지는 때를 아는 꽃처럼

이르지도
늦지도 않은 채
영겁을 노래하는 꽃처럼 살으리

기도

그대
나의 이 달빛에 얼룩진 그리움을
펼쳐보소서

때론 소녀같이 홀로 울고
때론 아기 늑대같이
울부짖던 갈망을 들으소서

그대 없는 빈 산녘의 바람 소리 들으며
몇 밤을 몇 밤을, 새고 새고

눈이 어두워 보지 못하는 이 몸
단 한 번만이라도 온전한 미소로
나의 영혼을 쓰다듬어주소서

2010

바람의 소리

난 가만히 있는데
바람이 그대를 부르네요
그리웁다고

내가 아닌
바람의 소리인 까닭에
그렇다고, 그렇다고

잠들 수 없는 긴 밤
애꿎은 바람을 탓하려 밖으로 나가면
낙엽 진 빈 가지들 사이로
어느덧 달아나버리고

그런 바람 어쩔 수 없어
들창문 꼭 닫고 숨어들면
바람 소리는 또다시 문전에 다가와
더욱 또렷이 속삭이지요
그리운 거라고

아!
혼령 같은 바람이여

꿈빛

이리 잠 못 들어
빈 방 창호에 드는 달빛
상념의 꿈은 달콤만 하구나

세상은 흐려도
밤 꿈은 이다지 아름다운지

달 뜨는 밤엔
꽃보다 꽃 그림자가
달보단 달빛 물그림자가
더더욱 환희롭게 하나니

내 안인지 내 밖인지
달밤 어둠 속에서
이른 봄싹이 움트는가

한낮의 화려한 꽃빛보다

한밤 어둠의 꿈빛은

더욱 황홀한 생명으로

오색 무지개로 뒤척이노라

너를 위한 기도

너의 눈빛에
슬픔이 가시어
근심이 사라지어
일 마친 하루의 노을빛처럼 잔잔히 오렴

투명한 대기의
푸른 바람결처럼 고요히 오렴
낮빛 고운 돌개울
그 물빛처럼 해맑게 오렴

너의 이름은 내 안에 있으나
너는 너다워야 너일 수 있네

너의 이름을 부르는 나의 소리는
그저 너를 위한 노래와 같은 읊조림

늦은 햇차를 마시며

예나 지금이나 차를 즐겨 마시는 다락茶樂은 사는 행복 중 하나이다. 봄의 마지막 절기인 곡우를 전후해 저 멀리 남녘땅 하동 차밭에서 햇차가 나올 때면 봄의 내음과 더불어 설렘 가득한 기다림이 이어졌다. 올해는 그런 기다림이 더 길어져 곡우가 한참 지나서야 다인茶人이 보내준 햇차를 마주하게 되었다. 이른 여름이 다 되어서야 받은 햇차였지만 향기는 봄 햇차 그대로였다.

연푸른빛 여린 햇순은 따고 고르고 덖고 비비고 말려낸 법제法制라는 인고의 깊이를 안으로 지닌 채 흑회색빛으로 고이 감겨 있었다. 그 귀한 찻잎을 조심스레 덜어내어 다관에 넣고선 행여 여린 찻잎이 끓는 물에 상할세라, 돌돌 끓은 물을 한숨 가라앉힌 후 가만히 따라보았다. 정적을 깨는 맑은 물소리를 따라 연푸른빛 찻잎이 다시금 새롭게 살아난다.

차를 마시는 일은 눈빛으로 마주하는 차순의 싱그러움에서부터 시작한다. 다도茶道에 있어 빛깔과 향기와 맛이 온전해야 한다는 '색향미전色香味全'이란 말이 새롭게 다가온다. 이때야말로 그런 때이다. 마침 다실 앞 대순이 여린 줄기를 내뿜어 앳된 모습으로 막 피어오르는 때여서 죽군자竹君子를 마주함에 빛깔은 물론이고 햇내음이 더욱 물씬했다. 햇차를 마시노라면 늘 그 순간 햇봄이 살아난다.

차를 만든 이들의 수고를 고맙게 받자옵고, 두 손으로 찻잔을 감싸쥔 다음 차향을 느껴본다. 방 안에 맑은 다향이 그윽하다. 문향聞香. '향기를 맡는다'가 아닌, '향기를 듣는다'는 아름다운 말처럼 은은히 마음까지 와닿는 향기다. 진정한 춘향春香을 느낄 수 있는 호사를 누리게 해준 다인이 고마울 따름이다. 출가 후 혼자 지냄이 많아 차를 벗 삼아 보내는 날이 많았다. 요즘은 사찰에서도 커피를 마시는 경우가 많다지만, 나는 아직도 아침마다 차향을 맡으며 하루를 연다. 그렇게 하루하루는 재생의 순간이 되어 언제나 새롭다.

때로는 찾아오는 이와 함께 찻잔을 마주한다. 『다경茶經』에서 이르길 지극한 심경을 드러내기엔 혼자서 마심을 으뜸으로 하고 더불어 둘이 마심을 귀히 여겼다. 지음지인知音知人이라 하듯, 그런 귀인이 찾아들면 굳이 말이 필요 없이 차향만으로 시간의 길고 짧음을 잊고선 차를 문향하곤 한다.

님 맞아
차 마시니
차향이
더욱 좋다

차 마시며
님 맞으니
님향이
더욱 좋다

햇차를 마시며 차향에 취해 서른 즈음에 지은 시를 떠올렸다. 풋풋한 시절의 시심이 느껴진다. 그 시절이 햇차와 닮아서일까. 아련한 느낌마저 드는 건 그리움 때문일까. 맑은 차 한 잔을 앞에 두고 떠오르는 얼굴들이 있다. 차를 마주하는 인연들은 차의 성품처럼 맑아서인지 누구라도 선명하다. 인연마다 차의 맑은 빛이 되어 찻잔에 비춰온다. 차 마시는 일이 다도가 되려면 차 예절 속에 담박한 의식의 순화가 따라야 한다. 온전해야 할 순수한 차 맛이 세속의 잡다한 생각과 얘기들에 묻혀서는 단순한 음료 행위에 그치고 만다.

차에 대한 추억 중에 떠오르는 다인이 있다. 이차저차 차茶 생활에 젖어 살다 특별한 차 맛에 이 산승이 생각났던지 어느 날 차 한 봉지를 들고 왔다. 한여름 나절 숲을 흔들며 불어오는 청풍 같은 다인과 마시는 차향은 문향하기에 충분했다. 함께 차를 음미하는 것 외에 별다른 잡담이 없었기 때문이다. 이후 적조한 지는 오래되었지만 차의 향수는 청풍 그대로다. 그래도 내겐 비 개인 날, 창을 통해 비쳐 드는 아침 햇살을 마주하며 홀로 마시는 햇차가 으뜸이다. '정극광통달靜極光通達.' 지극한 고요 속에 빛과 같이 선명한 묘리를 체감하기 때문이다. 이래서 차와 참선은 한 가지 맛이라 하였으리라.

봄처럼 부지런하라

인고의 겨울을 나고 봄뜰에 서기까지 양지꽃, 생강꽃, 매화, 그리고 진달래가 순차적으로 피어나던 꽃시계의 시절은 옛 기억으로만 남겨진 것일까. 언제부턴가 오는 듯 가버리는 바쁜 봄이 되고 있다. 봄이 펼치는 향기로운 향연들이 이젠 성급함으로 생략되고 있기에 어쩌면 '봄날은 간다'라는 그 고운 옛 노랫말이 무색해졌는지 모르겠다. 오늘날 뭇꽃들이 동시다발적으로 피어난다는 백화제방百花齊放의 기후위기 속에 우린 살아가는 것이다.

봄이 오면 알뜰히도 봄을 일구던 가랑비가 흰 면사포를 쓴 양 희뿌연 안개비를 가랑가랑 내려주면 여린 새순들이 '연초록초록' 축복처럼 돋아나던 그런 시절은 이젠 볼 수 없는 것인가. 이즈음이면 촉촉한 정취가 느껴져야 할 때인데 그런 그림 같은 풍광이 언제부턴가 느껴지지 않아 그리움이 몹시 깊어진다. 근 한 달이 넘도록 봄 가뭄이 들어 가쁘게 피어나는 심곡암 정원의 꽃들에게 조석으로 물을 길어주어야 하는 번거로움이 늘어난 요즘이다. 개울 옆 돌담 사이 사이에 하얗게 무리 지어 자생하던 돌단풍들이 오랜 가뭄에 지쳐 제 자태를 다 드러내기도 전에 시들기 시작했다. 자연 속에서 순리대로 잘 자라던 것들에 의도적인 손길이 닿아야 하니 그만큼 자연의 혜택과 은혜가 사라진 것이다.

암자에 사는 소소한 작물의 형편도 이러할진대 농번기에 준하는 이즈음의 농토들은 너른 대지만큼이나 그 고민도 사뭇 클 것이다. 뉴스에 의하면 전방위적인 응급조치가 필요하다 못해 수많은 관정 작업이 필요하다는데 농민의 고충이 이만저만이 아니겠구나 걱정스럽다. 이 땅의 곡창이라 불리는 호남평야의 물줄기인 섬진강이 메말라 그 저수량이 역대 최저치 수준이라 한다. 농사짓는 일이 만사의 근본임을 모르지 않은 터라 가뭄에 당면한 농민의 마음을 헤아려보노라면 애가 타고 속이 상한다. '비내림이 순조롭고 바람이 조화로워 사는 삶이 안락하라'란 뜻의 '우순풍조민안락雨順風調民安樂'의 기원문이 간절하다.

그래도 봄을 애써 가꾸어야겠기에, 묵은 낙엽들을 걷어내고 채전밭 흙도 뒤집어주며 밭골을 내어놓았다. '봄처럼 부지런해라.' 조병화 시인의 시 「해마다 봄이 되면」의 시구절처럼 봄뜰을 정리하는 손길이 바쁘다. 물빛 곱게 청한함을 선사하는 돌개울 위쪽에 머루포도나무 넝쿨이 어지럽게 자라나서 대나무를 잘라 지지대를 만들어 정돈했더니 한결 말쑥해졌다. 한 해를 시작하

려면 이 봄철에는 부지런히 준비를 마쳐야 늦가을까지 든든하고 개운하다. 흐드러지게 피는 배꽃이 예쁘긴 하지만 조금씩 가지치기를 해서 선을 살려주어야 그 아취가 살아난다. 돌담 사이에 묻혀 피는 돌단풍들도 조금씩 덜어내 새로 쌓은 돌 축대 사이에 깃들게 해놓으면 어느새 스스로 자리를 잡고 번져서 어우러지니 자연과 인간의 손길이 조화를 이뤄 묘미를 드러낸다.

이 일 저 일 많아 보이던 이른 아침에는 언제 다할까 싶었는데 눈은 게을러도 손은 부지런하다. 어느덧 일 매무새가 거의 다 여며진 듯하다. 봄뜰 가꾸느라 한나절 부지런 떨고선 늦은 오후가 되어 한숨을 돌리며 주변을 돌아본다. 정작 나만 바쁜 게 아니라 도량 안팎 진달래와 산목련, 산수유꽃들도 수런수런 피어나느라 바쁜 모습이다. 법정 스님의 말씀을 되새겨본다. 이제는 자연과 인간이 협력과 동반의 관계로서 더욱 긴밀해야만 할 때란 생각이 든다. 이젠, 진정으로 봄처럼 부지런해야 할 때인가 보다.

창밖을 보며

'창'을 통해 보는 세상은 또 다른 세상이다.

똑같은 바람이 불고 눈과 비가 내리고 햇빛이 비치는데도 이상하게 느껴지는 것이 다르다. 마치 또 하나의 다른 눈으로 세상을 보는 것 같다고 할까. 때때로 차가운 바람도 훈풍으로, 냉기 어린 눈발도 따스하게, 세차기만 한 빗줄기도 한풀 수그러드는 느낌이다. 가만히 창밖을 보고 있노라면 마음이 평온하고 차분해진다.

마음이 힘든 어느 날은 부러 창밖을 본다.

창밖을 스쳐가는 모든 자연의 원리처럼 우리 인생도 이러한 변화무쌍함을 닮았지만, 또 그처럼 지나가는 시간임을 되새긴다. 누구라도 살면서 기쁠 때가 더 많기를 바란다. 하지만 이 또한 마음대로 되지 않고 큰 괴로움이나 슬픔이 찾아올 때가 있다. 어떤 삶이든 스스로가 견뎌야 하기에 그저 이 힘든 시간이 빨리 지나가기를 조용히 기도할 뿐이다.

창밖으로 비치는 우리 인생도 그렇게 고요히 흘러가기만 한다면 얼마나 좋을까. 바뀌는 계절의 길목에서 창밖을 보며 생각한다.

3

백합과 연꽃

김인중 신부의 세라믹, 글라스 아트와 원경 스님의 시

산초록빛처럼

봄뜰을 애써 가꿔도
늘 석연찮은 아쉬움 남아
이른 아침 시간 부지런함이 절로 들고
산초록빛처럼 눈빛과 마음빛도 따라 빛나니

님을 사랑함에도
늘 석연찮은 아쉬움 남아
보고 보고 또 보며
곁에 두고 속삭여도
오매일여 그리움나니

그러다가, 이승의 육신 덧없이 거칠어가도
영원을 꿈꾸는 마음빛은
산초록처럼 빛나 반짝이나니

나의 가을

나의 가을은
울타리조차 없이
숭숭 가슴에 바람 드는 가을이 아닌
바람 숨결 쉰
햇살 따순 오후의 가을이길 원하옵니다

가을은 칼날 아닌 칼날로써
가슴을 헤집어 파고
얼음 아닌 냉기로써
가슴에 싸늘한 멍을 남깁니다

가슴에 눈을 띄운 후
더 이상 대면하고 싶지 않은
냉엄의 얼굴

그런 가을이
가만가만 바람결이라 해도
나는 두렵습니다

나의 계절에선

사랑의 길

외로움도 고독도
오래되어 잘 익으면
자유가 된다

허전함이 아니라
속박되지 않은 평온이 되기도 한다

내 가슴이 너무 커서
채워짐이 적다고 하지 않고
스스로 작아져서
채워짐이 넘쳐흐른다고 말한다

소박함으로 이웃의 곁을 넓혀주고
만족함으로 제 삶의 기쁨을 삼는다

그렇게 사랑을 배워가노라면
그 자체로 행복이니까

봄빛

봄날의 연초록이 천지사방 고울 때
향기가 감돌아 취한 듯 몽夢하고
이대로 일없이 꽃눈 날리는 하루 보내나니

잔바람이 깨우는 지난 세월
이미 쉬노니 한갓되어라

그런 마음뜰에 봄이 오니
빛빛 다시 고와라

기도 2

꿈을 말하리
빛을 말하리
사랑이라면 그 모든 것 다 바쳐
영원을 기도하리

한 울타리

겁생을 돌고 돌아
뭍 고향으로 귀소歸巢하고
다시금 떠돎이여

그대가 내가 되고
내가 그대 되어
사는 삶은 하나일래

일체 중에 하나 되고
하나 중에 일체 되고
원융무애* 자재하니
부질없는 분별이여

사람이여
사랑의 이름이여

대지를 굽이 적셔
강물처럼 흘러 돌아
바다에 다다름도
유장하고 심원한데
그마저 다함없어
해얼굴이 그리웁다
비천녀가 되어 올라
대지 위에 젖줄 되네

무엇이 다름이고
어느 것이 하나인가

사람이여
한우리여

눈 맑고 깊은 마음

'우리'의 이름 되자

'사랑'의 이름 되자

*원융무애圓融無礙: 막힘과 분별과 대립이 없으며 일체의 거리낌없이 두루 통하는 상태로 불교의 이상적 경지를 뜻한다.

가을에 오신다니

빨리 가을이 왔음 좋겠네

이리 봄을 좋아하는 이 사람도
가을 님이 오신다기에
춘향봄마저 떨쳐가며
가을이 기다려지는 이 그리움

꿈

가끔 밤의 깊이를 알 수 없게
잠 못 드는 때가 있다
별들의 빛빛들이 속삭여서 그러는가

때로는 비 오는 날에도, 바람 부는 날에도
잠 못 드는 때가 있다
내 영혼을
비가 적시고 바람이 흔들어서인가

아닐세
꿈꾸어야 하는 이 밤에
정작 잠 못 드는 까닭은
깨인 꿈도 꿈인지라
잠 못 이룰 뿐

5월 초 산암에서

연초록 햇순나고
꽃들이 수를놓아
모란이 단향내고
햇살이 눈부시어
펼치온 이자리에
고운님 오실적에

녹음에 젖으시어
청의를 입으신양
수놓인 만화방초
화관을 쓰시온양
해맑은 물소리로
가분히 다가온양

고요한 찻자리에
대바람 펼쳐맞아
향피움 그만둬도
차향이 가득하리
소담한 몇마디에
잔미소 피어나리

정오전 봄맞이로
뜰앞에 나서노니
먼곳에 오는향풍
잔잔히 속삭이네
단바람 그리움은
이대로 노래라고

춘사월 밤비

문득 드는 빗소리에
이 밤도 잠 못 드네

한낮에 빛나던 연푸른 뭇잎잎들도
어둠 속에 젖고 젖어 흔들리겠지

창 너머 저으기 바라보아도
희뿌연 연무를 쓰고 흐느끼는
젖은 빗소리뿐

바람이 없어서 다행이어라
가시지 않은 봄빛 잔 서늘함도
밤비에 젖으면 괜시리 서글퍼질 이 차가움

아련히 들리는 두견새 울음소리
비에 젖어 구슬픔을 더하는구나

서늘한 어둠 데우려 켜는 촛불마저도
듣는 빗소리에 젖어
잔잔히 흔들리누나

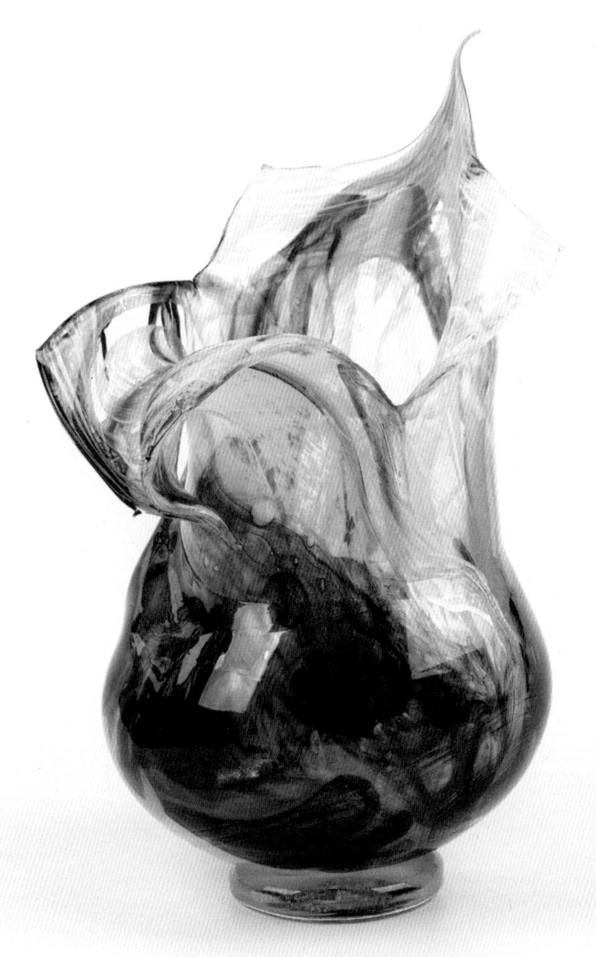

쑥대머리

이 소리 좀 들어보소
내 안의 속 후벼 파내는
진진히 우려내는 선대先代의 피, 이 유산遺産

두견새 울음소리 그 속의 소리인가
이 소리 속 두견새 울음인가

고수 장단에 밤 젖은 내음 홍취를 깨우고
오늘따라 여운이 길고 길어
정작 잠들기는 힘들겠구나

녹음빛, 이별

그대 떠나고
부르는 나의 노래는 애가哀歌

산새도 우는 듯 노래하는 듯
정적을 슬퍼하고

꽃들도 슬픔을 헌화하듯
피어나는 녹음의 계절

보내야 할 계절은 아직 먼데
홀연히 떠나는 그대

이 찬연한 녹음빛, 이별

누워 핀 꽃

꽃 무더기가 땅에 기대어 누워 있다
사랑에 겨워 키 세울 겨를 없이
고개 든 꽃 빛,
햇살 가득 웃고 있다

어머니 같은 꽃이다
문득, 어머님께 전화해야겠다

자유

꽃피면
가슴에 향기 터지고
달뜨면
가슴에 달빛 부서지네
낙엽 지니
내 마음 한가히 바람에 구르고
눈 나리니
내 마음 한없이 다복하네

먹물 옷 입은 후
매이지 아니하여
내 비로소 꽃 피고 낙엽 짐 속에
함께 놀고 사르네

내 어찌
티끌세상 속에 갇혔던들
바람 같은 자유 있었으려나

오늘은 초겨울 바람에
춤추듯 흔들리는 차창 밖
나뭇가지 채 바라보니
한없이 내 마음 자유롭기만 하네

아, 삶은 이렇게
깊고 잔잔하거늘!

나를 위한 기도

사슴의 모습
사자의 마음으로 살아야지

그 무엇 닮으려 하지 않는 사슴
이른 아침부터 저녁 놀빛까지
꽃 속을 소요하며
자태 흐트러뜨리지 않나니

소리에 놀라지 않는 사자는
너른 대지의 침묵을 펼쳐
잠들어 있을 때에도
우레 같은 포효 잃지 않나니

살아오는 동안
이미 거침없는 전사가 되어버린 지금
죽음마저 두려움이 없거늘
생에 무엇이 두려우리

그렇게
사슴의 모습
사자의 마음으로 살아야지

고요한 평온

잠들려다 장지 틈새로 스며드는 설향雪香에
다시금 깨인 의식, 눈빛이다
가만 밖을 내다보니 깊어진 이 밤
흰 세상인 것은 춘설 소복이 쌓인 까닭이다

밤빛 저리도 고운 것은
천지간에 지순 담백한 흑백의 순수 때문이다

다 비워낸 밤
다 놓여진 마음

텅 비워진 아름다움과 평온 고요히 빛나고
찬 기운 한 가득 한숨에 채우고 안겨든 이불 섶이
못내 따습고 아늑하여라

복눈

밤새 소복이 복눈福雪 쌓인 후에

아침 햇살은 설빛 찬연해

순백의 설경, 천지간에 호사다

그리움을 그대에게

내 그리움의 자락은
어디서 오는 빛깔일까요
천지사방 바람의 흔적들이
곱게 얼룩진 자연 바람입니다

나는 나이기 이전
자연의 존재인 까닭에
나도 모르는 그리움은
어쩔 수 없습니다

나도 모르는 이 그리움을
그대는 그저 그렇게만 바라보소서

나는 멀거니
이대로일 뿐이기에
이 빛을 그대로 마주한 채 바라보겠습니다

나의 그리움이
작든 크든 간에
나는 나대로 나일 뿐인 것입니다

나의 그리움은

꽃의 전사

흰 눈이 달려온다
흰 벌떼처럼 저리 달려온다

모습은 약해도
마음은 냉엄한 한기를 품고
미인의 전사들처럼
달려온다

꽃같이 던지는구나
이 겨울의 설움을 위하여

삶

우리의 가슴이 너무나 커서
늘 채워짐이 적다고 말하지 말고
우리가 스스로 작아져
늘 넘쳐흐른다고 말합시다

그리하면
사슴 같은 그대 가슴의 허허로움
봄날의 꽃빛으로 수줍은 듯 빛날 거니까요

저 혼의 크기만큼만 피어나는
저 꽃

하늘처럼 땅처럼 피어나는
저 고운 자유를 사랑합시다

떠나간 뒤에

떠나간 뒤에
소중함을 아는 것들은
우리들의 삶 속에 많아라

그런 아쉬움이 없도록
눈빛을 가지런히 하고
세상을 살아갈 일이다

해거름녘
개인 빛살같이 고요한 마음이 되어
넘치지도 않고
부족하지도 않은
마음자락으로 세상을 여며 살 일이다

사랑하는 사람이 곁에 있을 때
사랑을 하고
소중한 사람이 먼 곳에 있을 때
정중히 안부를 물을 일이다

내 안의 사랑을 펴주기도 전에
떠나가지 않도록
마음을 기울여 사랑할 일이다

너를 보낸다

이 삶의 언덕에서
너를 날려보낸다

바람이 꽃잎을 불러가듯이
그렇게 너를 날려보낸다

한 움큼 눈물 머금다
터져 나는 서러운 세월 너머로
바람에 밀려가듯 너를 보낸다

때론 삶이
지우고 다시 그릴 수 있는 그림이었으면

그렇지 못한 너를
지우지 못한 채 너를 흘려보낸다

이 서러운 삶의 언덕에 서서

심곡암 이야기

누가 심산유곡 심곡암을 멀리서 찾는가
진리가 내 안에 있듯
심곡처 심곡암은
마음의 고향같이
우리가 사는 도심 속 산골이 되어
바로 우리 안에 이렇게 있네

티끌세상이 가깝되
깊은 고요함이 깃들어 있고
깊은 고요함은 막힘이 없어
티끌세상 한눈에 굽어보네

작되 오묘함을 두루 갖추어서 펼치나니
불심과 자연, 예술이 하나 되는
화엄의 꽃 같은 심곡암

이곳에서 우리는
작고 소박함의 깊은 아름다움을 배우고
크고 넘쳐나는 세상에서
겸허하게 감추는 마음 매무새를 익히나니

오늘은 심곡암 단풍축제
이 도량 그리운 사람들 함께 모여
마음과 마음들이 하나 되어
부처님 사랑을 합장하네

다정천리茶情千里

잔 안개 산녘에 차고
늦은 아침에도 고요함이
잔잔한 물과 같네

풍광이 날로 무르익어
가을의 정은 더욱 깊은데

차茶 가득 광에 찼건만
함께 마실 이 없어

산사의 고요는 더욱 깊어가고
다정은 천리를 달려가네

그대를 위한 염원

다소 빛바랜 모습으로 다가온 그대는
앳된 얼굴이 아닌 성숙된 모습

사계절 모두 다
아름답지 않은 계절이 있는가

저마다
그 시절따라 아름답기를

삶의 노래

돌 틈 사이
수줍게 미소짓는 제비꽃처럼
오늘도 웃어보려네

바람이 부는 대로
빗발이 들이치는 대로

미소 지으며 살으리
빛그림으로 살으리
노래 시 읊으며 살으리

취한 저녁

다향천리茶香千里
인향만리人香萬里라 했나

먼 길 마다하지 않고
찾아뵙고 돌아온 날

한 저녁내, 향기에 취해 있었다

사춘 소녀

90 드신 어머니
아직도 영롱한 별빛 사랑

그 꽃빛 속에 사춘의 소녀가 웃는다

감춰진 봄빛 그림

사랑이 깊어서
세월을 담았다
가을빛 같은 그림으로

사랑을 키워놓곤
씻긴 봄빛 그림이 되어
깨인 꿈같이 웃고 있다
그대

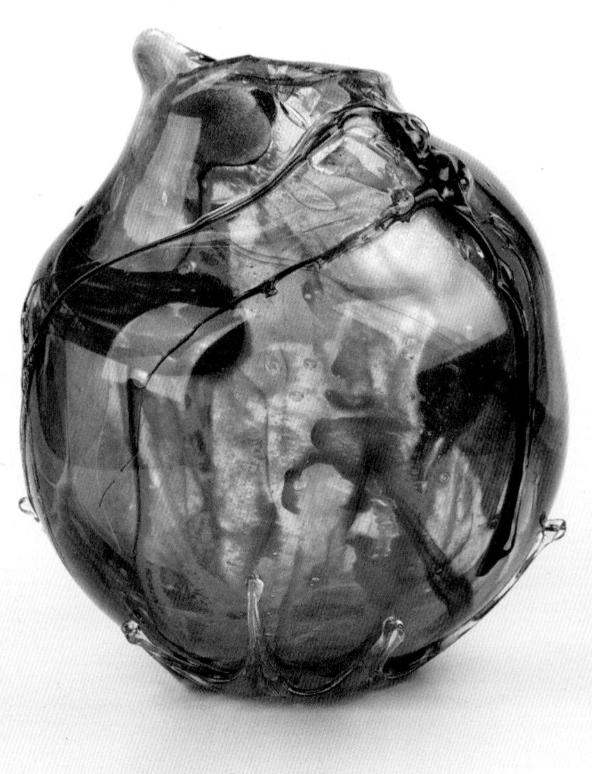

예술의 의미와 빛의 예술

신승환(가톨릭대학교 철학과 교수)

1.

예술art이란 말은 고대 그리스에서 인간의 창작행위를 뜻하는 테크네techne를 어원으로 한다. 이 말은 또한 기술technique 개념의 어원이기도 하다. 고대 그리스 철학자들은 자연이란 '스스로 그렇게 되는 것'이라고 생각했으며, 테크네는 다만 이 자연의 본성이 드러나도록 기다리는 인간의 행위를 가리키는 말로 생각했다. 테크네가 예술과 기술이란 말의 공동 어원인 까닭은 이 두 행위가 결국 자연과 사물에서 무언가를 이끌어내는 인간의 행위에서 비롯되었기 때문이었다. 그것은 자연의 본질이며, 그 행위의 특성을 그들은 포이에시스poiesis로 이해했다. 포이에시스는 시詩와 시를 짓는 행위poem를 가리키는 말이다. 이 두 개념을 통해 그리스 철학자들은 예술을 본질적으로 자연 안에 담긴 특성이 스스로 드러나게 하는 것으로 이해했다. 예술과 기술은 인간이 인위적으로 무언가를 만드는 능력인 듯하지만, 사실은 자연과 사물, 또는 있는 모든 것이 스스로 자신을 드러내는 과정에 포함된 일이다.

인간은 다만 그 과정을 지켜보거나, 또는 자신의 보잘것없는 작은 행위를 통해 그것을 표현할 뿐이다. 그럼에도 현대인들은 마치 자신이 예술과 기술로 무언가를 창조하는 듯이 생각한다. 인간은 자연과 존재의 주인이 아니라 그 목동일 뿐이다. 예술과 기술을 통해 인간은 자연과 존재가 스스로 있게끔 돌보는 임무를 수행하는 존재의 목자다. 청기사파를 이끌었던 표현주의 작가 클레Paul Klee는 "예술은 있는 것을 다시금 보여주는 것이 아니라, 보이게끔 만든다"라는 말을 통해 이런 사실을 잘 드러냈다. 예술의 본질은 '그것을 그것이게' 만들며 그렇게 '보여주는 데' 있다. 그 안에는 예술이 표현하는 자연과 세계, 삶과 존재 모두가 담겨 있다. 그래서 고대 그리스 철학자들은 테크네란 말을 '진리의 드러냄'의 과정, 감추어진 것을 드러내는 빛 안에서 진리를 이끌어내는 창조행위로 정의했다. 예술의 재현행위는 이 말의 본래 의미를 잘 보여준다.

독일 철학자 하이데거Martin Heidegger는 예술의 근원을 "진리가 스스로 작품 안에 자리 잡은 것"이라고 표현함으로써 이런 의미를 개념적으로 정리했다. 이에 따르면 예술의 진리는 이중적이다.

한편으로 예술은 작품을 통해 자연과 존재, 삶과 생명의 진리를 드러내지만, 작품은 다른 한편 그 진리를 감추기도 한다. 진리는 기꺼이 자신을 감춘다. 예술은 이 감추어진 진리를 드러내는 과정이다. 예술은 자신이 표현하는 미적 감수성으로 삶과 존재의 진실에 응답하기도 하고, 자신이 이해한 자연과 세계의 참됨을 재현하기도 한다. 빛을 재현하는 예술은 그 행위를 통해 빛을 드러내지만, 작품은 다른 한편으로는 빛이 비추이는 어둠을 표현하기도 한다. 그래서 예술작품 역시 진리처럼 드러냄과 감추임을 재현한다. 작품이 언제나 중의적일 수밖에 없는 까닭이 여기에 있다.

여기에서 진리는 삶의 진실이며, 우리가 마주한 존재의 진리와 모순, 그 이중성을 드러내는 언어이기도 하다. 삶의 진실은 존재의 모순 속에서 감추임과 드러냄을 반복하면서 미약하게 그 모습을 드러낸다. 예술은 이 미약함을 감지하는 데 자리하며, 그 아름다움에 대한 감수성을 작품으로 재현한다. 빛은 어둠 속에서 비치고 있지만, 어둠은 빛을 이겨본 적이 없다. 어둠이 없으면 빛도 그 아름다움을 드러내지 못한다. 빛의 예술은 어둠에도 불구하고 빛을 향해 나아가는 인간의 실존을 재현하는 예술이다.

2.

예술의 이런 본질을 돌아보면 김인중 신부님의 빛의 예술을 다른 관점에서, 또는 새롭게 이해할 길이 보일 것이다. 빛은 밝음과 탁월함의 상징일 뿐 아니라, 지혜와 구원의 메타포metaphor다. 그럼에도 우리는 다른 한편 빛이라는 은유를 통해 우리 삶과 존재에 담긴 무거운 진실을 표현한다. 인간은 밝음과 선을 지향하면서도 내면에 똬리를 틀고 있는 어두움과 모순에 허덕이는 존재이기도 하다. 우리 삶은 선함과 진실함을 향해 나아가지만, 그 시작은 우리 안의 어두움과 모순을 직시할 수 있을 때 가능해진다. 삶에 가득 차 있는 고통과 죽음, 야만과 폭력을 외면할 수 없지만, 그럼에도 인간은 빛을 향한 열망을 통해 이 어두움을 극복하는 존재다. 그러니 분명 이 모순이 문제가 되는 것이 아니라, 모순을 감내하고 극복하는 데 인간의 존재 이유가 있다.

그래서 신약성서는 이렇게 말한다. "모든 것은 말씀을 통해 생겨났고, 그 말씀 없이 생겨난 것은 하나도 없다. …… 이렇게 생겨난 생명이 사람에게 빛이 되었다. 이 빛이 어둠 속에서 비치고 있지만, 어둠이 빛을 이겨본 적은 없었다."(요한복음 1, 3-5) 빛은 이미 천지창조의 순간에서부터 자연과 생명, 삶과 존재 모두를 있게 하는 근원이었으며, 빛이 있음으로써 세계가 있게 되었다. 빛은 진리이며 생명이고, 존재하는 모든 것의 근원이다. 그 빛이 어둠 속에서 비추임으로써 우리에게 우리 삶과 존재의 진실을 자각하게 만든다.

초현실주의를 대표하는 작가 마그리트Rene Magritte는 빛의 예술작품을 통해 이 양면성을 은유적으로 표현하기도 한다. 예술이 재현하는 것은 삶의 진실이다. 빛은 우리가 지향하는 밝음과 탁월함, 지혜와 구원을 상징하지만, 그것은 우리 안의 어두움과 모순을 외면하지 않는다. 빛의 예술은 인간의 근본적 한계와 나약함에도 불구하고 더 높은 곳을 향해 나아가며, 그 이상의 것을 찾는 우리의 본성적 열정을 작품으로 재현한다. 빛의 화가 김인중 신부의 작품이 재현하는 것은 이것이 아닐까! 그는 자신의 예술은 시공간을 초월하는 영원한 순간을 빛으로 재현하는 것이라고 말한다. 그러기에 그 예술은 모순되고 허약한 현실을 넘어 구원을 향해가는 순례의 과정이며, 순례 과정의 고난과 깊이를 침묵으로 재현하고 있다고 말해도 좋을 것이다. 그 스스로 "예술은 침묵을 고조시키는 역할을 한다"고 말하고 있지 않은가.

3.

예술은 자연미를 단순히 재현한 것이 아니라, 인간이 자신을 이해한 자기이해self-understanding를 반영한다. 이것을 내가 나 자신이 되기 위한 이해이며, 이를 통해 자신을 성취하는 자기성취의 과정이기도 하다. 이러한 과정은 인간의 미적 감수성으로 이 자기이해를 재현하는 창조적 과정이며, 의미실현의 과정이기도 하다. 그러기에 전통적으로 예술을 진선미眞善美를 추구하는 인간의 자기실현의 한 과정으로 이해했다. 예술은 어느 작품이거나 단순한 미의식을 재현해놓은 외적 표현에 그치지 않는다. 그러한 이해는 예술을 통해 드러나는 인간이 지닌 근원적 진리와 그 실존적 치열함을 이해하지 못하는 미적 지상주의에 지나지 않는다.

그럴 때 우리는 결코 예술작품이 자신의 표현행위를 통해서 근원적으로 일으켜 세워진 세계와 열어 보인 서사를 알아차리지 못하게 된다. 예술작품에 담긴 삶의 진실과 실존성을 이해하고, 그 예술체험에 담긴 미적 감수성과 생명 감수성에 응답하는 길은 예술이 말하는 진리의 소리를 듣는 데 있다. 그 길은 예술가의 역사와 실존을 배제할 때 결코 가능하지 않다. 진리를 이해하고, 인간의 깊은 심연에서 들려오는 소리를 듣는 것은 인간의 자유로움에서, 즉 존재의 소리에 대해 열려 있음으로써 가능하다. 진리가 드러날 가능성을 정초하는 자유는 존재가 개시되는 활동 공간에 지나지 않는다. 인간을 인간에게 하는 자유는 근원적 진리 안에 있다. 예술은 그것을 창조하며, 그 진리를 추구하는 인간행위의 특출한 모습 가운데 하나다.

인간은 자신의 미적 창조행위를 통해 시대의 자기이해를 드러낼 여백을 창조한다. 그들이 표현함으로써 하나의 세계가 열린다. 예술과 예술작품은 인간의 실존성과 역사성 속에서, 또한 인간의 자기이해의 추구 속에서 의미를 지닌다. 예술적 행위, 예술의 언어 속에서 인간 존재와 그 실존적 현재가 이해 가능해지는 것이다. 예술이 한 세계를 열어놓음으로써 우리는 삶의 진실을 알게 되고, 실존적 고통을 넘어 그 의미를 체험하게 된다. 그것은 주어진 것에서의 창조행위이며, 그를 가능하게 하는 것은 우리가 지닌 미적 감수성과 생명 감수성 때문이다. 이러한 과정은 예술언어로 다가온다. 예술은 개별적인 작품으로서 있는 것들 모두와 존재하는 것의 역사를 그러한 터전으로서 세계를 우리에게 열어 보여준다. 또한 반대로 구체적 역사와 시대를 살아가는 인간은 예술을 통해 그 세계로 나아가고, 그 안에 담긴 진실과 자기 자신으로 나아가는 길을 보기도 한다.

4.

빛의 예술은 삶과 존재의 의미를 드러내는 성찰의 과정을 통해 이루어진다. 그것은 인간의 본질이 바로 이 성찰행위에 있기 때문이다. 성찰re-flection이란 말은 내가 지닌 어떤 내면의 빛을 나 자신에게 되비추인다는 뜻이다. 빛은 상징이다. 그것은 생명의 빛이기도 하고 구원의 빛이거나 선함과 밝음의 상징이기도 하다. 누구도 빛을 싫어하지 않는다. 빛이 없다면 문화도 예술도 없으며, 우리 자신도 있을 수 없다. 물리적으로도 그러하고 생리적으로도 마찬가지며, 존재론적으로도 달라지지 않는다. 빛은 무엇일까? 그 빛은 지성의 빛이기도 하고, 아름다움의 빛이기도 하고, 생명의 빛이기도 하다. 빛은 우리 존재에서, 우리 삶과 생명 자체에서 온다. 삶의 과정과 실존적 공감에서 생겨나는 우리 존재의 대답이 곧 빛이다.

예술과 문화를 포함한 인간의 모든 창조행위는 이런 대답의 결과다. 그 대답은 빛의 작용에서 비롯되어 빛을 감지함으로써 이루어지기 때문이다. 빛을 자신의 존재와 실존에, 그 삶과 생명에 되비추는 과정이 예술의 본질이라면 미적 감수성은 이 빛으로 우리의 감성을 되-비추임으로써 얻게 되는, 생명체로서 인간이 지니는 총체적인 공명이며 감응이라고 말할 수 있다. 빛의 예술이 재현하는 것은 바로 여기에 있다. 김인중 신부의 빛의 예술을 통해 이 과정을 음미할 수 있기를 기대한다.

혼자 있어 자유롭고, 함께 있어 충만한 마음

도종환(시인, 국회의원)

원경 스님께서 수행하고 계신 심곡암은 서울 외곽에 겸허하게 감추어져 있는 암자입니다. 원경 스님은 심곡암을 이렇게 이야기하십니다.

티끌세상이 가깝되
깊은 고요함이 깃들어 있고
깊은 고요함은 막힘이 없어
티끌세상 한눈에 굽어보네

작되 오묘함을 두루 갖추어서 펼치나니
불심과 자연, 예술이 하나 되는
화엄의 꽃 같은 심곡암
–「심곡암 이야기」 중에서

"티끌세상에 가깝되 / 깊은 고요함이 깃들어 있"는 곳, 그곳에 심곡암이 있습니다. 그 깊은 고요함으로 티끌세상을 한눈에 굽어보는 곳에 심곡암은 있습니다. 먼지와 티끌 많은 곳 가까이 있되 속진에 물들지 않는 곳, 고요하게 있되 세상과 결별한 채 등 돌리고 있는 것이 아니라, 티끌 많은 세상을 맑고 향기롭게 만들기 위해 어떻게 해야 할 것인가를 고뇌하는 곳에 심곡암이 있습니다. 크고 넘쳐나는 것이 많은 세상에서 "작고 소박함의 깊은 아름다움을 배우고" "겸허하게 감추는 마음 매무새를 익히"는 곳, 그곳이 심곡암입니다. 탐욕과 성냄과 어리석음을 벗지 못하는 사람들은 오늘도 크고, 거창한 것들을 찾아 정신없이 달려가지만, "작되 오묘함을 두루 갖추어서" 우리가 오늘 하루를 어떻게 살아야 하는지 생각하게 해부는 곳, "화엄의 꽃 같은" 곳에 심곡암은 있다고 원경 스님은 말씀하십니다.

쉼표가 있는 곳에서 쉴 줄 알아야 노래를 잘하듯, 마음에도 쉼이 있어야 합니다. 차를 좋아하는 원경 스님은 "마음이 쉴 때 차의 맑은 기운이 온전히 느껴진다"고 하십니다. 마음이 번거로우면 차 맛도 느낄 수 없다고 하십니다.

풍광이 날로 무르익어

가을의 정은 더욱 깊은데

차茶 가득 광에 찼건만

함께 마실 이 없어

산사의 고요는 더욱 깊어가고

다정茶情은 천리千里를 달려가네

–「다정천리茶情千里」 중에서

원경 스님에게는 차와 도가 둘이 아닙니다. 차를 마시는 일 그 자체가 도를 알아가는 일입니다. 스님은 "지극한 차 맛과 참사람은 서로의 성품이 닮아 있다. 찻잎의 푸른 생기를 좋아하여 그 싱그러움을 닮게 되고, 물의 맑은 기운을 좋아하게 되어 청정함을 닮게 되며, 천연의 맛을 우려내는 중도를 깨닫게 되니 그러는 사이 어느덧 거친 악취미의 경향은 자연 멀어지게 된다"고 차에 대해 말씀하십니다. 차가 지닌 푸른 생기와 맑은 기운과 자연 그대로의 맛에서 싱그러움과 청정함과 중도를 깨닫습니다. 악에서 멀어지며 삿됨이 없는 마음, 그것을 배우게 되는 것입니다. 차를 마시며 스님은 그런 마음을 나누고 싶어 합니다. 차를 마시는 동안 차와 함께 고요해지고 깊어지는 마음을 함께 나눌 사람을 찾습니다.

세상살이는 "혼자여서 외롭고 / 함께 있어 번거롭지만" 불자의 길은 "혼자여서 자유롭고 / 함께 있어 충만한 삶"이라는 걸 알려 주고 싶어 하십니다.

꽃피면
가슴에 향기 터지고
달뜨면
가슴에 달빛 부서지네
낙엽 지니
내 마음 한가히 바람에 구르고
눈 나리니
내 마음 한없이 다복하네

……

오늘은 초겨울 바람에
춤추듯 흔들리는 차창 밖
나뭇가지 채 바라보니
한없이 내 마음 자유롭기만 하네

아, 삶은 이렇게도

깊고 잔잔하거늘!

-「자유」 중에서

꽃이 피면 그 향기가 가슴에 다가와 꽃향기로 가슴이 터질 듯하고, 달이 뜨면 그 달빛이 가슴에 부서집니다. 가슴이 고요하고 맑지 않으면 달빛을 가슴으로 느낄 수 없습니다. 낙엽을 따라 마음이 함께 굴러가고 눈과 함께 다복해지는 것은 마음이 잔잔해져 있거나 비어 있어야 가능합니다.

허정무위虛靜無爲의 상태, 대자유의 상태에 있지 않으면 물아일여物我一如, 정경교융情景交融의 경지에 들 수 없습니다. 깨달음의 경지라는 것도 고요하면서 자유로운 마음의 상태가 지속되는 것을 일컫는지 모릅니다. 그 마음이 평상심이 되기를 우리는 얼마나 갈망합니까? 원경 스님의 시는 그런 고요함과 자유로움이 바탕이 되어 있습니다.

해거름녘

개인 빛살같이 고요한 마음이 되어

넘치지도 않고

부족하지도 않은

마음자락으로 세상을 여며 살 일이다

–「떠나간 뒤에」 중에서

고요하면 그렇게 "넘치지도 않고 / 부족하지도 않은 / 마음자락으로 세상을 여며" 살아가게 될 것입니다. 스님이 지금 그러하시듯 앞으로도 그런 시심으로 여여하시길 바랍니다. 세속에 사는 우리도 그렇게 살 수 있게 되기를 얼마나 기원하는지 모릅니다.